마네킹이 필요하다고요?

마네킹이 필요하다고요?

서문

새로운 형식이 낳는 새로운 감동

모든 것이 변합니다. 그것도 아주 빠른 속도로 변합니다. 너무 빨리 변하다 보니 변화를 따르기조차 버겁습니다. 이런 변화의 회오리 속에서 변하지 않는 것을 찾기란 힘이 듭니다. 그럼에도 불구하고 우리는 변하지 않는 고갱이가 있을 거라는 믿음을 갖습니다. 그 믿음이 우리로 하여금 변해야 한다는 강박과 변하고 싶지 않다는 안간힘 사이에서 무언가를 발견하거나 발명하게 합니다.

스마트소설도 그런 강박과 안간힘의 소산일 것입니다. 전통적인 소설들이 독자들을 잃어가고 문학의 위기가 심심찮게 운위되는 시대에 작가들은 독자들과의 소통을 고민하게 되었습니다. 그 고민의 형식적 특징은 '단소경박

(短小輕薄)'이라는 현대인의 기호를 반영하는 것이었습니다. 시도 '디카시'라는 새로운 형식을 찾기에 이르렀고, 소설도 '스마트소설'이라는 새로운 돌파구를 찾기에 이른 것입니다. 새로운 형식이 새로운 감동으로 이어지고, 새로운 감동이 새로운 독자를 만나게 될 것입니다.

이에 이병주문학관에서는 이런 흐름을 제대로 짚어보고 스마트소설이 장르소설로서의 가능성을 타진하기 위해 토론의 장을 마련하고 스마트소설집을 발간하게 되었습니다. 이 프로그램의 기획과 진행에는 경남소설가협회의 도움이 컸습니다. 감사드립니다.

2022년 11월

이병주문학관장 김남호

차례

흑형(黑兄)이 무대를 떠나며

곽성근

#1. (나레이션 – 이왕이면 저음의 나레이터일 것)

늦은 밤, 편집마감회의를 마칠 땐 늘 시원하고, 한편으로는 뭔가 아쉬워합니다.

언제나 편집마감 때마다 늘 있을 법한 감정이기도 합니다.

#2. (엉뚱한 길을 가다 시간에 먹히다.)

지금으로부터 인류가 지상에 나타나고 얼마 지나지 않았을 때, 그때 태양은 빛났으며, 숲은 우거지고, 수많은 동물은 열매와 잎사귀를 따먹었으며 형법과 민법이 없었으며, 무엇보다 자유롭게 교미도 할 수 있었으며, 놈들이 많아 아무렇게나 화살을 쏴도 한 마리씩 사냥을 할 수 있었습니다.

(아이구~~ 타이머 조정을 잘못했군요.)

#3. (아, 아니 최근의 일입니다.)

2년 3개월 전입니다.

그때 동쪽 끝 바닷가에 있는 나라, 진주에 썬크림도 바를 줄 모르는 아프리카 흑형이 나타났습니다.

온몸에 장애를 가진, 어떤 사내였습니다. 무리가 원하는 전형(典型)은 한 개도 없었습니다.

앞골목이 아니라 뒷골목 출신이었습니다.

아마도 조직에서는 자못 걱정이 됐을 것입니다.

몽타주로 보나, 그 어떤 느낌적인 느낌으로 보나 무리들의 걱정은 당연했을 것 같습니다.

#4. (secret. 보안등급S. 사후 100년 후 공개할 것)

이 사내는 육체장애뿐 아니라 정서장애를 가졌습니다. 다만 무리들에게 이를 은폐하려고 부단했습니다. 몇몇에게는 신경안정제를 받으러 병원에 가는 것이 노출됐을 것입니다.

#5. (채찍은 몸에 휘둘리고)

자신에게 다가오는 충격이나 그 어떤 상황을 인지하면서, 잡혀가거나 살해당할 것이라는 느낌 때문에 밤새 잠 못 이룹니다. 잠이 들면 커팅되고 셧다운입니다.

온몸의 화인이 고통스럽게 드러날 것입니다.

아마도 흑형은 사디스트이거나 마조히스트였을 것입니다. 그는 무화하기 위해 선인과 악인은 종이 한 장 차이일 뿐이라고 너스레를 떨었습니다.

감독은 관객의 반응을 예견하면서 다시 옷을 입혀 상처를 가리는 것으로 대본을 수정합니다. '티란티노 방식으로는 안 되겠지' 하고 말입니다.

#6. (다시 진주, 어느 날 아침, 구체적으로 모년 모월 모일 오전 9시 37분경)

소속 – 감사실 직원. US 네임, Fuck you* 한국 네임의 뜻이 더 아름다운 복규(福規, 의역하면 롤모델)

믿음은 소중합니다.

---

* 중소벤처기업진흥공단에는 임복규라는 직원을 흑형은 그를 빠큐라고 부른 적이 있다.

흑형에게 호출되었습니다.

"보안등급 높이고, ○○○○에 대해서 조사를 하길 바란다"

"조직을 위해서는 필요할 것 같으나 노출되면 파장이 있을 것입니다."

"그니깐 새끼야 보안에 붙이라는 거 아냐. 당분간 너그 실장에게도 말하지 말구."

라이터로 불을 붙여 잔뜩 연막을 피워 올리기로 했습니다. 요람에서 무덤까지 연막이 부옇게 피워오르길. 풍구로 부채질을 했습니다.

#7. (다시 진주 모년 모월 모시)

감사실 전체 회의. 오늘의 주제 : 롤모델

주문1. 반드시 칼은 쓰레기통 혹은 용광로에 버릴 것.

주문2. 전체 조직의 컨디션을 최적화할 것.

주문3. 1500명 구성원 한 사람 한사람 최후의 안전막(멤브레인)이 될 것.

주문4. 실수는 포용하고 징계는 최소화할 것.

#8. (철마 혹은 구르마를 타고, 송창식이 아닌 손승연의 창법으로. 동해 바다로~~)

올라가서 업무협의만 하고 돌아오면 아마추어. 함께 밥 먹고 밤새도록 술 먹으면 프로페셔날.

늦은 밤, 1이 전화를 하였습니다.

“어때쓰?”

“갈 때까지 갔습니다.”

“잘했어. 야, 딸꾹질 하지 말고 얼른 모텔에 들어가.”

“ㅋㅋㅋ~~~ 싫은데요. 한잔 더 해야겠는데요.”

“그지 말고, 2는 뭐하냐?”

“꾸벅꾸벅 졸고 있는데요.”

“아휴.”

살다 보면, 그다음 날 세 바퀴 반, 트리플악셀 기술 점수 받으려다가 얼굴에 아까징키를 바르고 나타나는 놈들이 꼭 있습니다. 존나 미안할 때도 있습니다.

#9. (속엣말)

김수미는 ‘시절 인연’이라고 하더군요.

중진공 여러분 고맙고 감사했습니다.

우리나라 중소기업과 벤처기업을 위해, 그리하여 유엔 회원국 193개국 중 탑10에 안정적으로 진입하게 만든 특급 역할이었습니다.

중진공 42년은 그 누군가 저평가할 지라도, 충분히 자긍해야 할 이유가 있습니다.

여러분께 진심으로 경의를 표합니다. 흑형에게는 멋진 경험이었습니다.

#10. (2022. 10. 26 오후 10시 45분, 다시 지리산에서)

편집마감회의. 마침내 원고지에 마침표를 찍었습니다.

무대에서 내려온 우리 흑형은 다시 밤이슬을 맞으며 뒷골목을 배회할 것입니다.

추운 날엔 입이 굳어서 휘파람이 잘 안 불릴 때도 있습니다. 그것마저도 뒷골목 사람들의 숙명입니다.

굿바이 흑형~~

날개옷

김미애

19세기 말 겨울은 뜨거웠다.

20세기를 앞두고 사회는 요란했다. 새천년에 대한 기대와 2000년이라는 숫자를 인식하지 못해 일어날 흉흉한 소문이 난무할 때에도 나의 계절은 뜨거웠다. 나의 계절 중심에는 그녀가 있었다. 나의 계절은 그녀를 만나고 여름에 멈추었다. 처음부터 여름이었던 것은 아니었다. 그녀가 웃어주고, 그녀의 향긋한 샴푸 향이 나의 코끝을 스치는 그 순간까지는 확실히 봄날이었다. 그러나 그녀의 손을 잡았던 그날부터 나의 계절은 여름이었다.

그녀는 '이열치열'이라는 단어를 좋아했다. 그 단어는 마치 자신의 한계를 즐길 수 있도록 만들어주는 마술 같은 말이라고 했다. 확실히 그녀에게 어울리는 단어였다. 더우면 입었던 옷마저 벗어던지고, 추우면 하나라도 더

껴입는 나의 습성과는 다른 개체였다. 그녀는 시원스럽게 뻗은 고속도로 같았다. 그녀와 함께 있으면 나의 속도 게이지도 춤을 추었다. 나는 그 속도감을 즐겼다.

소개팅을 하고 한 계절이 지나갈 무렵이었다. 여름의 끝물이 기승을 부리는 날 그녀와 시원한 생맥주를 마신 후였다. 인적이 드문 어느 담벼락 계단에 주저앉아 여름의 밤공기를 마시고 있었다. 우리는 계단에 팔을 걸치며 몸을 편하게 젖혔다. 하늘을 바라보며 그녀가 콧노래를 흥얼거렸다. 가로등 불빛이 그녀의 뺨 위에 내려앉았다. 얼굴선을 따라 빛이 났다. 간간히 부는 실바람이 더위를 씻어주고, 살짝 오른 취기와 그녀의 콧노래가 빚어낸 이 감상적인 분위기가 딱 좋았다. 시간이 멈춘다면 지금이면 좋겠다는 생각을 할 때였다.

"넌 꿈이 뭐야?"

그녀는 가끔 뜬금없이 고리타분한 주제를 참 신선하게 던지는 재주가 있었다.

"글쎄……."

나는 멋없이 말끝을 흐렸다. 내가 생각해도 참으로 재미없는 대답이었다. 그녀가 하늘을 올려다보며 말했다.

"나는 꼭 멋진 건축가가 되고 싶어."

그랬다. 그녀는 건축학과생이었다. 우연히 나간 소개팅 자리에서 그녀와 짝이 되었다. 반묶음 머리를 한 그녀의 머리카락은 어깨까지 자연스럽게 흘러내렸다. 한껏 멋을 낸 다른 여학생들과 달리 색조 화장을 전혀 하지 않아 자연스러운 분위기를 자아내는 그녀에게 단박에 꽂혀버렸다. 나중에 들은 이야기로는 친구들은 뒤에서 수군거렸다고 한다. 그녀가 대타로 급하게 성의 없이 온 줄 알았다고 했다. 그러나 그녀를 알고 보니 그녀의 취향은 확고했다. 또다시 소개팅이 있던 그날로 돌아간다 해도 그녀는 그런 모습이었을 것이다.

"건축이라는 것은 정말 신비롭게 느껴져. 오랜 세월에도 시신이 보존되도록 무덤을 짓거나, 기후에 따라 건축물이 각양각색으로 달라지는 점들이 말이야. 난 정말 그런 것들을 보고 있으면 경이로움에 소름이 돋을 지경이야."

그녀는 자세를 고쳐 앉으며 돌연 나를 쳐다보았다. 미간을 살짝 구긴 얼굴로 양손을 암팡지게 말아쥔 주먹을 허공에 동동거리며 싱긋 웃어 보였다. 그녀의 얼굴은 너무 사랑스러웠다. 사랑스러운 만큼 쥐구멍이 있다면 들어가고 싶은 심정이었다. 글쎄, 라니. 많은 말들을 두고 나는 하필 글쎄, 라고 대답했을까.

그녀는 많은 시간을 도서관에서 유명한 건축가들의 작품집을 보거나 고대 건축물이 담긴 서적들을 보곤 했다. 그리고 언젠가 보고 싶은 건축물들을 직접 보기 위해 유럽을 갈 것이라고 이야기했다. 그녀가 정말 유럽을 가든지 말든지 중요하지 않았다. 그런 꿈을 호기롭게 이야기하고 눈이 반짝반짝 빛나는 그녀가 예쁠 따름이었다. 아마도 그녀는 전생에 선녀였을 것이다. 지상이 궁금해서 천상을 무단이탈한 당돌하고 귀여운 선녀. 거짓이라곤 찾아볼 수 없는 순수함과 열정으로 똘똘 뭉친 그녀가 언젠가 하늘을 오르는 모습을 상상했다. 세계 곳곳에 있는 수많은 건축물을 직접 보기 위해 훨훨 날아올라 바람에 하늘거리는 선녀의 날개옷이 그려졌다. 그녀의 날개옷은 어디에 있을까. 나는 그녀의 날개옷이 잘 보관되어 있길 바랐다.

나의 여름의 절정은 첫 직장이 결정되던 날이었다. 그녀는 나보다 일찍 졸업을 하고 건실한 건축사사무소를

삼 년째 다니고 있었다. 그녀가 나의 취업을 축하하며 거하게 한턱내던 그날 밤 나의 여름은 절정이었다. 밤새도록 그녀의 향긋한 머리카락에 얼굴을 묻고 수많은 계획을 세우며 우리는 즐거웠다. 그녀는 싱그러웠다. 그녀는 나를 설레게 하고 나를 꿈꾸게 했다. 그녀도 나와 함께 꿈을 꾸고 있을까. 수많은 질문을 스스로에게 던지며 나는 행복해했다.

잠이 들었다가 깬 새벽녘에 저절로 눈이 떠졌다. 미등 사이로 나를 가만히 바라보고 있는 깊은 눈동자를 발견했다. 아주 잠시 당황했지만 곧 그 눈빛이 따뜻했다. 언제부터 깨서 나를 지켜보고 있었을까. 옅은 미소를 머금고 그녀의 머리카락을 가만히 쓸어 넘겼다.

"나 다음 주에 비행기 타."

아주 낮고 촉촉한 목소리로 그녀가 주저하며 말했다.

"그동안 모아 두었던 돈으로 유럽을 가기로 했어. 왕복 비행기 표와 6개월 치 생활비 정도는 될 것 같아. 자기랑 같이 가면 좋겠지만 좋은 기회가 생겨서 동기들이랑 함께 가기로 했어."

어안이 벙벙했다. 동기들이라 함은 시커먼 속내를 가진

사내들을 지칭했다. 하루도 아니고 몇 달에 걸쳐 그들과 먹고 마시고 떠돌 그녀를 이해할 수 없었다. 모든 예술을 융합하여 입체적으로 나타낸 종합예술이 건축이라고 입버릇처럼 말하던 그녀의 신념이 원망스러운 순간이었다. 고대 건축을 대표하는 역사적인 나라를 직접 보고 싶다고 말하는 그녀와 달리 나의 머리는 전혀 다른 것들을 상상했다. 그녀도 우리의 신념 충돌쯤은 예상했을 터였다. 그러나 그녀는 모른다. 내가 얼마나 추한 신념을 가진 수컷인지 말이다. 나는 떼쓰는 아이마냥 뿔이 나서 그녀에게 툴툴거렸다. 그녀는 아이를 다루는 엄마처럼 나를 어루만져 주었다. 어르고 달래는 그녀의 손길을 나는 거세게 잡아당기며 그녀의 품으로 깊이깊이 파고들었다.

그녀는 정말 비행기를 타고 떠났다. 그리고 걱정과 그리움으로 보내는 하루가 익숙해진 몇 주 후에 그녀가 급하게 귀국을 했다. 동기들은 여전히 여행 중이었다. 그녀 혼자만 핼쑥해진 얼굴로 돌아왔다. 공항을 빠져나와 삼계탕 가게로 향했다. 김이 모락모락 나는 삼계탕을 앞에 두고 그녀는 애꿎은 닭을 이리저리 건드리고 있었다.

"왜 그래? 여행하는 동안 많이 힘들었어? 얼굴이 왜 이렇게 상했어. 조금이라도 먹어 봐."

먹기를 재촉하는 나의 말에 그녀가 느닷없이 눈물을 보였다. 가슴이 철렁하였다. 온갖 더러운 생각이 엄습하였다. 심장이 빠르게 뛰었다. 마른 입술을 말아 물며 그녀가 무슨 말이라도 해주기를 기다렸다.

"7주하고도 4일째야."

그녀가 서럽게 울었다. 입술을 꽉 깨물고 아주 서럽게 울었다. 그런데 나는 만세를 부르고 싶었다.

그렇게 그녀의 날개옷을 훔쳐버렸다. 그리고 나의 계절은 흐르기 시작했다. 여름이 지나고 가을이 찾아왔다. 두 아이의 엄마가 된 그녀의 삶은 바빴다. 때때로 나는 그녀의 삶을 보면 신기했다. 망아지마냥 날뛰던 그녀가 24평 아파트에서 쳇바퀴 삶을 이렇게 잘 살아낼 거라고는 생각하지 못했다. 그녀가 무심코 하늘을 멍하니 바라보거나, 신세한탄이라도 한다면 긴장해야 했다. 혹시라도 그녀가 쳇바퀴 삶을 뛰쳐나갈까 봐. 그러나 그녀는 하늘을 보고 감탄했고, 육아가 힘들지만 행복해했다. 나의 현세는 이렇게 아름답게 완성되어 가고 있었다.

저녁식사를 마치고 7살 딸과 블록 쌓기를 하고 있었다.

"아빠 그거 알아? 엄마, 보물 상자 있다! 나한테만 살짝 보여줬어. 아빠한테 비밀이라 했지만 내가 아빠 사랑하니까 가르쳐주는 거야. 엄마한테는 쉿! 비밀이야! 약속!"

설거지를 하는 아내가 들을까 봐 소곤대며 딸이 말했다. 보물 상자? 나는 보물 상자 생김새와 보관 장소 따위를 딸을 통해 파악했다. 아내와 딸이 잠든 것을 확인하고 세탁실로 향했다. 세탁세제가 담긴 통을 치우고 그 뒤에 놓인 네모난 정리함을 찾았다. 보물 상자였다. 아무것도 모르고 잠든 아내의 얼굴을 떠올리며 키득거렸다. 그리고 호기심을 가득 안고 천천히 열어보았다. 정리함 안에는 수많은 건축물 사진과 빼곡히 여러 나라가 적힌 다이어리가 있었다. 다이어리를 펼치는데 덜컥 겁이 났다. 디데이는 딸이 초등학교 3학년이 되는 3월이라고 적혀 있었다. 디데이는 무엇일까. 이것은 판도라 상자였다.

나는 그날 이후로 그녀의 뒷모습을 쫓았다. 그녀가 하늘을 올려다보면 또다시 가슴이 철렁했다. 그녀가 날씨가 좋다고 말하면 비행기가 뜨기 좋은 날씨라고 말하는 듯했다. 심장이 두근댔다. 그녀는 아직도 날개옷을 갈망하고 있는 것일까. 두려웠다. 나는 그녀에게 보물 상자에 대한 말을 해야 했다. 그러나 정말 판도라 상자가 되어 버릴까 봐 입을 닫았다. 입을 닫으니 오래전 그녀의 눈빛이 떠올랐다. 가슴이 '툭' 하고 떨어졌다. 나는 또 추한 신념에 사로잡혔다. 오늘 밤이어야 할까. 내일 밤이어야 할까. 나의 현세는 찬바람에 사시나무 떨리듯 떨렸다.

짖어야 개지

김현우

"아아! 드디어 나는 자유를 찾았다."

나는 환호하며 고함을 쳤어. 인간들은 내 환호를, 고함을 시끄럽고 듣기 싫은 개소리로 여겨 짖어댄다고 비방하기 바쁘겠지.

누가 뭐라든 진정한 자유란 내 마음대로 내 멋대로 내가 씨부리고 싶으면 씨부리고 내가 입을 닫아걸고 침묵을 지키려면 지키는 거라 믿어. 어디 그뿐인가? 가고 싶으면 가고 가기 싫으면 멈추는 거라 믿어. 그뿐만 아니라 먹고 싶으면 먹고 먹기 싫은 것은 굶어 죽을지라도 먹지 않는 게 진정한 자유란 말씀이야.

사실 나는 내 마음대로 씨부리지도 못하고 내 마음대로 입을 닫고 살지 못했어.

당장 나를 괴롭히는 것은 질긴 가죽으로 된 목사리지. 목사리에는 질기고 가는 줄이 길게 달려 있어 어느 정도 빙빙 돌 수야 있었지만 그건 진정한 자유가 아니었지. 나는 넓은 아파트 거실에 갇혀 살았어. 내가 움직일 수 있는 활동 반경은 겨우 2m 안쪽이었지.

나는 태어난 이후 양심껏 살았어. 양심이란 게 인간에게는 꼭 필요해. 아니면 도둑놈으로 몰려 재판을 받고 감옥에 갇히니까. 허지만 나는 지은 죄가 없어. 기억에 통 없단 말이야. 내 말이 어폐가 있어 고치려 달려들 자가 있을지도 모르지만 하여튼 감방에 갇혀 지낼 팔자는 아니라고 철석같이 믿어. 그런데도 난 감방에 갇힌 죄수나 다름없이 어느 높고 커다란 아파트 넓은 거실이 내 자유를 속박하는 공간이었어. 결코 그곳에 자유란 없었어.

뭐라고? 넓고 넓은 거실을 독차지하고 살았으니 얼마나 행복하냐고? 겨우 몸만 움직일 수 있을 쪽방이란 데서 사는 가난한 인생들이 얼마나 많은데! 너는 네 몸에 비하면 축구장만 한 공간에 살았으니 행복한 거라!

아아! 그 편견에 나는 몸 둘 바를 모르겠다. 왜 인간이란 족속은 엄청난 규율에 꽁꽁 묶여 살면서 그 속박을 느끼지 못할까?

결국, 주인 아저씨와 아파트 관리소장이 대판 언쟁이 붙은 것은 순전히 그런 편견 때문이었어. 나에게 무슨 권리가 있는지 모르지만 그래도 눈곱만한 '개' 권리나 자유가 있을 법한데 말이야.

"아! 아저씨는 주민에게 피해를 주는 거 몰라요?"

관리소장이 현관에서 조용히 그러나 따지듯이 묻자 아저씨는 버럭 화를 냈어.

"아니! 개가 짖어야 개지! 짖지도 않는 개가 어디 개요?"

"허어! 아파트 입주민이 지켜야 할 예의도 모릅니까? 서로서로 예의를 지키면서 살아야 하는 곳이 아파트 아니겠습니까? 단독 주택에 사시면 개가 짖어도 이웃에게 큰 피해를 주지 않지요."

"아니! 소장님은 우리가 이사 가란 말이요?"

"허어! 그게 아니라 아파트 입주민이면 누구나 보편적으로 지켜야 할 예의를 예로 들어 말하자면 그렇단 말이죠."

"여하튼 소장님 말은 나를 욕보이려 하는 소리요. 내가 개를 키우든 말든 그건 내 자유란 말씀이요. 이 애가 얼마나 순한지 아십니까? 절대 사람을 물지도 않고 내 말이라면 순종하는 착하고도 착한 애란 말이요."

나는 아저씨의 그 말에 코웃음이 나왔어. 나를 제 아이처럼 생각하는 것 말이야. '이 애가' 어쩌고저쩌고하면서 나를 개 취급을 하는 것이 아니라 자기 집 아들이나 딸처럼 여긴다는 어투에 기가 막혔어. 최소한 날 '애' 취급을 한다면 거실에서 목사리를 풀어주거나 오줌똥을 누이러 밖에 끌고 나갈 때면 개 목줄을 풀어줘 최소한의 자유를 줘야 할 것이란 말이야. 말은 번듯이 소장에게 '애'가 어쩌니저쩌니하면서 나를 꽁꽁 묶어놓고 있으니 말이야.

사실 거실에 갇혀 목줄에 내 생명이 묶여서 사는 것만도 억울하고 분통이 터지는 일인데 어쩌다가 바깥바람이라도 쐬는 기회에도 그 짧은 자유를 주지 않고 줄을 감아쥐고 이리 챘다. 저리 챘다 하면서 아저씨 마음대로 하니! 아아! 나도 부끄러움이란 게 있는데 똥오줌을 눌 때면 좀 외면이라도 하면 좋을 텐데 똥구멍을 빤히 쳐다보니 기가 막힌단 말이야. 거기다 미처 일을 마치지도 못했는데,

"가자!"

하면서 목줄을 잡아당기니 이게 자유를 속박하는 행위가 아니고 뭐란 말이야. 그런 아저씨가 날 "이 애"라 부르면서 소장에게 자기 아들처럼 딸처럼 알뜰살뜰 보살피는 것처럼 내세우니 더욱 황당할 수밖에!

여하튼 관리소장 뒤를 따라 같은 통로, 같은 승강기를 타고 다니는 여자들이 고개를 쭉 빼고 관전하면서 입을 삐죽거렸어.

"개 소리가 얼마나 시끄러운지 모르나 봐. 그냥 짖는 게 아니라 듣기 싫은 비명이야."

"저 봐! 통로에 사람 소리나 현관문 여닫기는 소리만 나면 마구 짖어대더니! 지금은 조용하네!"

"꼬리까지 내리고 우리를 쳐다보네! 아마 사람이 그리워 그리 짖어대나 봐."

"개도 염치도 눈치도 있는 거야."

관리소장은 결론을 내리듯 말했어.

"여하튼 개가 짖지 않도록 하세요."

"아아! 소장님! 내가 말했잖소? 개가 짖지 않으면 그게 어디 개요? 고양이나 돼지지."

"다시 말씀드리는데 이웃을 생각하셔서 특별한 조치를

해주세요. 동물병원에 개를 데려가서 혀를 자르는 수술인가 뭔가 해서 소리 나지 않게 하세요. 아니면 다른 사람에게 양도하시든지."

"허어! 이 애는 얌전하다니까요."

"여하튼 아파트에서 개를 키우려거든 달리 생각하세요. 경고합니다."

관리소장이 다녀간 후 아저씨와 아주머니가 머리를 맞대고 언쟁을 벌였어.

"어디서 저런 강아지를 데리고 왔어요? 이웃에게 욕 들어 먹는 게 좋아요? 난 싫어요."

"아니! 당신도 이 애를 데려왔을 때는 귀엽고 예쁘고 어쩌고 하면서 좋아하지 않았어?"

"그땐 그때예요. 당장 돌려주세요."

"이 애를 판 상점에 도로 돌려주라니! 그게 말이요? 어느 주인이 팔아먹은 걸 돌려받겠소? 벌써 서너 달이 지났는데!"

"그래도! 아파트 사람들에게 욕 얻어먹고 눈총받고 그러기 싫단 말예요."

"당신도 답답하구려. 얘가 조그맣게 보여도 순종 진돗

개란 말이요. 진돗개!"

주인 부부간 다투는 소리에 나는 귀를 막았지. 아아! 내 운명이, 내 팔자가 천대를 받아야 할 것인지. 그러다가 소름이 돋았지. 내 혀를 자르든지 아니면 목을 어떻게 수술해서 짖지 못하게 한다는 말에 문득 이 집에서 탈출해야겠다는 생각이 들었지.

내 입을 막아? 아니! 내 목을 잘라 짖지 못하게 한다니! 분통이 터지고 지랄 발광을 했으면 싶었지만 어쩌겠나? 목사리에 묶인 개 신세에.

며칠이 지났지. 나야 짖고 싶었어. 짖으면 예쁜 강아지처럼 "왈왈!"이거나 "왕왕!"이어야 하는데 내 목에서는 "컹컹!" 하는 탁한 소리만 나왔지. 좀 낮게 짖으려면 "크르렁 크르렁" 마치 호랑이 소리처럼 "으르렁 으르렁" 그러는 거야. 그러니 인간들이 내 소리를 더욱 듣기 싫은 거지.

그런데 이번에는 부인네들이 떼로 몰려온 거 있지? 마침 아저씨는 없고 아주머니만 있었는데 어쩌겠어? 아주머니가 부인네들에게 싹싹 손을 비비고 하소연에 애원하는 거야.

"개 훈련장에 보내 교육을 받게 하면 짖는 버릇을 싹 고친다고 합디다."

"그런 곳에 십여 일 돌보게 하는데 몇백만 원이 든대요."

"아니! 목 수술도 하기 싫다! 처분도 분양도 못 하겠다? 그럼 시끄러운 개소리 들으면서 우리가 살란 말예요? 그건 절대 안 되죠!"

"암요. 절대 안 되죠."

부인네들이 물러가자 아주머니는 나에게 애원했어요. 짖지 말라고. 나도 지치고 말았지. 당분간 조용히 있기로. 고분고분 말을 잘 듣고 아양도 재롱도 부리고…….

"어어! 얘가 조용해졌네. 왈왈거리던 거 잊어버렸네."

아저씨 말에 아주머니가 큰소리쳤지.

"내가 얘보고 얼마나 주의를 시키고 당부했는지 몰라요. 좀 조용히 하라고!"

"허어! 당신이 애 교육을 잘 시킨 모양이로군."

나는 탈출을 꿈꾸기 시작했지. 이놈의 집구석에서 도망쳐야지. 아무리 좋은 먹이에 푹신한 잠자리이지만 잘못하면 목 수술을 받아 벙어리가 될 팔자임이 뻔했거든.

며칠 간의 침묵, 아양과 재롱에 아주머니가 마음이 놓였던지 똥오줌을 누이러 나를 데리고 산책로로 나가면서 콧노래를 불렀지. 나는 앞서거니 뒤서거니 우쭐우쭐 달렸지. 아주머니는 기분이 너무 좋아 지나가는 사람들에게 자랑스러운 듯 웃음을 보냈어.

"목줄을 풀어줄까? 얌전히 가자. 응?"

나야 꼬리를 살랑살랑 흔들어 좋다고 했지.

"얘는 사람을 물지 않아요."

지나가는 사람들에게 말하며 목에 칭칭 감겨 있던 목사리를 끌러주었어. 나는 두어 번 고개를 흔들어보았어. 얼마나 자유로운지. 얼마나 가볍고 시원한지. 나는 아주머니 앞에서 이리저리 뛰어보고 맴을 돌며 보란 듯 재롱을 부렸어.

순간! 어느 순간에 나는 달리기 시작했어. 힘껏 풀밭으로 뛰어들었지. 풀들이 내 키보다 더 자라 그 속에 파묻혀 버렸어.

"줄리야! 줄리야!"

아주머니가 나를 불렀어. 하지만 어디 내가 돌아갈 턱이 있나? 달리고, 또 달리고…….

드디어 나는 자유를 찾았어. 마음대로 짖을 자유. '개가 짖지 않으면 개가 아니지.' 아저씨 목소리가 귀에 쟁쟁했어.

지구촌

문갑연

3월 말, 내가 떡잎을 터트리고 흙 위로 올라온 지 겨우 일주일이 되는 날이었어요. 나보다 일찍 세상으로 나오거나 더 늦게 나온 친구들은 물론 이제 겨우 흙을 뚫고 얼굴을 빼꼼 내밀기도 했어요. 나는 겨우내 흙 속에서 꼼짝달싹도 못 한 채 웅크리고 있다가 넓은 세상에 나와 따뜻한 햇볕을 쬐자 마음껏 탄소동화작용을 하면서 행복해하고 있었죠. 나와 친구들의 잎들은 모두가 빵끗빵끗 웃고 있었답니다.

여기서 미리 밝히고 지나갈 게 있어요. 이 토지의 안주인을 나는 엄마라고 부른답니다. 이날 엄마가 커다란 검은 비닐봉지 두 개를 들고 나타나더군요. 머리에는 차양 모자, 손에는 실장갑, 소매와 바짓가랑이도 긴 데다가 장

화까지 신은 모양새로 보아 작업을 할 것 같았지요. 엄마는 우리를 보더니 다짐하듯 웅얼거렸습니다.

"어머! 딱 먹기 좋게 컸군. 우리 아이들에게 꼭 먹이고 말 거야. 엄마가 한국에서 먼 태평양을 건너 미국까지 들고 가면 억지로라도 먹어주겠지. 원래 입에 쓴 게 몸에는 좋다고 했는데 요즘 젊은이들은 무조건 입에 달달한 것만 찾는다니까."

엄마는 커다란 검은색 비닐봉지 입구를 5cm 정도 바깥으로 뒤집어 접고는 양팔을 안으로 넣어 넓이만큼 쫙 벌려놓더니 칼을 잡는 거였어요. 나는 순간 겁이 덜컥 나더군요. 엄마는 해마다 우리들의 몸뚱이를 3번 정도는 자르거든요. 그럴 때면 얼마나 아픈지 몰라요. 그렇지만 엄마는 우리들이 아플 거라는 사실은 전혀 모르는지 허밍까지 흥얼거리는 거예요. 참 잔인하다는 생각이 들곤 하지요. 농부들은 참 신기해요. 왜 우리를 가꿀 때는 지극정성이면서 이럴 때는 인정사정도 안 둘까요.

내가 여기로 오기 전, 친구들과 한창 하늘 높은 줄 모르고 무럭무럭 커가고 있었죠. 일 년 내내 아무도 우리한테 관심을 가지지 않았거든요. 그런데 여기 오니까. 엄마가 늘 우리한테 관심을 가졌어요. 가뭄이 지속되면 물도 주고 얼마나 번식했나 하고 살피면서 잡초도 매주었어요. 나는 감동이 되어 엄마라고 부르기로 했지요.

나는 겁을 먹고 고개도 들지 못한 채 엄마의 눈에 띄지 않기를 바라면서 몸을 잔뜩 옴츠려봤지만 마음뿐이었어요. 마음속으로 다짐했죠. 창조주가 인간을 위해 만든 운명대로 순응하기로요. 그런데 말입니다. 그때 엄마 발이 돌부리에 걸렸나 봐요. 엇! 하더니 뒤뚱거리다가 넘어지면서 엄마의 엉덩이가 나를 깔고 앉아버리는 겁니다. 그날 엄마의 엉덩이가 얼마나 무겁던지 깔려 죽는 줄 알았다니까요. 그 결과 오히려 살아남았지만요. 엄마는 내 앞에 있는 친구들의 대를 자르느라 자리를 옮기는 바람에 죽다가 살아났으나 거의 실신상태까지 갔어요.

이틀 후에 엄마가 다시 왔어요. 한참을 휘둘러보던 엄마는 날 보자마자 호미로 주변 흙을 파더니 뿌리와 줄기, 대는 물론이고 잎까지 붙인 채 비닐봉지에 담아서 집으로 왔어요. 거실에는 커다란 여행용 가방이 두 개나 있었지요. 마침 엄마의 딸이 카톡으로 전화를 했어요. 그래 알았어. 미국 가면 병원은 못 가니까 약을 골고루 충분히 준비했으니 걱정 마세요! 하더라고요. 엄마는 전화기를 볼과 어깨 사이에 끼운 채 통화를 하면서 주방에서 커다란 스텐 그릇과 이중 크린 지퍼백을 들고 왔어요. 위생장갑을 끼고는 그릇 안에 것을 나누어 담는데 보니 바로 우리 친구들로 만든 장아찌였어요. 엄마는 머위장아찌가 든 크린 지퍼백을 위생 비닐봉지에 한 번 더 넣고는 일일이 타월로 싼 다음 가방에다 넣었어요. 그다음에는 나를 신문지에 싸더니 역시 타월에 싸는 거였어요. 나는 깜깜한 데 갇혀서 갑갑하고 숨쉬기도 어려웠지만 엄마 딸이 있는 미국까지 나도 데리고 가는 것 같아서 참아보기로 했어요.

엄마는 김해공항에서 나를 넣은 여행용 가방을 화물로 부치더라고요. 화물들은 아마 한곳에 모으는지 직원들의 말소리와 짐을 실어 나르는 기계 소리가 끝나고도 한참을 기다렸어요. 참 지루했죠. 드디어 비행기가 출발하는 것 같았지요. 한 시간이 채 안 된 것 같은데 김포공항에 도착했나 봐요. 엄마는 우리가 들어 있는 가방을 카트에 싣고 가다가 인천공항으로 가는 전용택시 기사를 만난 것 같았어요. 이것 역시 엄마가 상대방과 하는 대화를 통해 알게 되었지요.

샌프란시스코행 대한항공 출발 시간이 오후 5시 40분이란 것과 그 도시에 랜드마크인 금문교와 부의 상징인 실리콘밸리가 있다는 사실도 출발 전 아빠와 엄마의 대화를 통해 알게 되어 다행이었어요. 사실 나는 하루 종일 알몸으로 캄캄한 가방 안에 있으니 여간 고초가 아니었거든요. 목도 마르고 몸속의 수분도 차츰 빠져나갔어요. 그나마 뿌리째였고 장아찌 친구들과 함께 미국으로 간다는 사실도 힘이 되었지만, 샌프란시스코가 궁금하니까 힘든 고통도 인내하겠더라고요.

엄마는 딸 집에 도착하자마자 가방 안을 뒤져 나를 가장 먼저 찾았어요. 다행이다. 완전 마르지는 않았구나! 라더니 넓은 그릇에다가 나를 담고 신문지에 떨어진 적은 흙들도 하나 빠짐없이 다 털어 담은 후 물을 부어 창가에 놓아두더군요. 나는 서서히 탄소동화작용을 시작하면서 기력을 찾기 시작했죠. 엄마는 얼마 후 내가 있는 방 침대에서 잠이 들더니 코까지 드르렁드르렁 골았어요. 딸 식구들이 고이 잠든 한밤중이었어요. 엄마는 그때 잠이 깼

나 봐요. 발뒤꿈치를 들고 조용히 화장실을 다녀오더니 주방에도 들렀다 오는 것 같았어요. 침대에 눕더니 곧 다시 불을 켰어요. 잠이 안 오나 봐요. 한국으로 한참 동안 여기저기 전화통화를 하더라고요.

비가 드문 여름이라 시민들이 먹을 물 외는 절약하라고 샌프란시스코시에서 지시했다며 사위가 말했어요. 잔디는 겨울이 되면 파랗게 되살아나니까 당분간 물을 주지 말라고 했어요. 엄마는 사위가 출근을 하자마자 바로 나와 호미를 들고 뒤뜰 담벼락 밑으로 가 땅을 파기 시작하더라고요. 얼마나 땅이 딱딱한지 도무지 파지지 않았어요. 엄마는 소위 말해 젖 먹은 힘까지 동원하다가 아마 좋은 생각이 떠올랐던지 집 옆에 있는 수도꼭지를 틀어놓고 긴 호스까지 끌고 왔어요. 딱딱한 땅이 물을 흠뻑 먹자 쉽게 호미가 들어가더라고요. 엄마는 내가 들어갈 깊이와 길이, 넓이로 땅을 파헤친 다음 그릇에 담긴 나와 함께 한국에서 온 흙까지 깨끗하게 다 물로 씻어놓더라고요. 그러고는 주변의 흙으로 뿌리와 줄기는 덮고 대와 잎은 남겨 뒀어요. 미국은 한국의 햇볕과는 차원이 다르게 엄청 따끈따끈해서 나는 화상으로 죽는 줄 알았다가 물을 머금은 흙 속에 들어간 뿌리와 줄기 때문에 고비를 넘겼죠.

그때 엄마의 딸이 왔어요. 엄마가 말했죠. 이것만 살려놓으면 내년만 되어도 계속해서 반찬을 해 먹을 수 있을 거라고 설명했어요. 즉시 딸은 차고로 쪼르르 달려가더니 흙이 든 포대를 들고 오더군요. 여기서는 땅을 파면 여물기도 하지만 더는 파헤칠 땅이 없기 때문에 재배하려면 그 식물이 필요로 하는 거름이 포함된 흙을 별도로 구입해야 한다더군요. 안 그러면 흙이 파지지도 않지만 너무 산성 땅이라 심어봐야 헛일이라고 했어요. 엄마는 나를 딸이 주는 폭신한 흙에다가 다시 심어주더라고요. 그러고는 딸에게 당부를 했어요. 머위가 이 땅에 완전히 땅내를 맡을 때까지만 물을 주고나면 생명력도 강하지만 번식력도 뛰어나서 담장 밑으로 따라가면서 잘 자라줄 거라고 했어요. 그러면서 남은 거름흙을 담장을 따라가면서 뿌리는 거였어요. 한국과 일본에서 주로 분포하는데, 쓴맛이 많다 보니 대 말고는 별로 인기가 없었는데, 카톡에 머위의 효능에 대해 돌아다니고부터 하나도 버릴 게 없는 채소라며 우리 몸값도 올랐죠. 엄마는 즉시 카톡에 저장된 성분표를 읽더군요.

항염증 효과, 편두통, 뇌기능개선(치매 예방), 눈 건강, 골다공증, 식중독, 기관지, 항암 등등에 효과가 있다고 하자, 엄마의 딸은 물을 잠그러 가다가 눈을 동그랗게 뜨고 돌아서면서 헐! 하더니 나에게 물을 다시 뿌리면서 너는 꼭 살아서 우리 가족과 미국 사람들의 건강을 위해 네 임무를 다하기 바란다, 했죠. 엄마는 다시 입을 열더라고요. 장점이 있으면 단점도 있는 법이란다. 하지만 장점이 많으면 소소한 단점은 묻히는 법이지. 굳이 말하자면 뿌리 부분에 있는 독성분은 간에 좋지 않다니 과다복용하지 말고, 노란 수꽃은 알러지 반응이 있다니까 조심하면 될 거야. 쓴맛은 삶아 물에 우려낸 다음 먹으면 맛도 좋고 단점도 보완된다고 하니 기억해주면 될 거고, 라는 것이었어요. 엄마는 미국 사회가 인정하는 3개월 관광비자가 끝나는 마지막 날 한국으로 돌아가기 전 내게 물을 주러 왔어요. 이곳 날씨는 햇볕은 강하고 습도가 낮다 보니 물기가 쉽게 증발되어 버리더라고요. 나는 계속 엄마가 주는 물로 땅내까지 맡다보니 자생력을 키울 필요성을 가질 여가도 없었죠.

엄마가 말했죠. 내가 또 올 때는 담장 밑만 아니고 밖 어디까지든 네 후손들을 볼 수 있기 바란다. 내 딸이 널 돌보겠지만, 그래도 지금부터는 자생력으로 네 후손들의 번식까지 책임져야 한단다, 하는데 눈물이 주룩 났어요. 엄마! 저도 데려가 줘요! 여기 풍토로는 자생력은 고사하고 따가운 햇볕에 데어서 죽을지도 몰라요. 엄마는 내 말이 들리지 않은가 봐요. 나는 엄마의 뒷모습이 사라질 때까지 시선을 놓치지 않았어요. 그리고 다짐했죠. 엄마 딸의 가족들도 주어진 책임을 다하기 위해 열심히 할 일을 하듯 나도 내 후손들의 번영을 위해 내 일에 집중하리라고. 하지만 이별은 역시 슬프더라고요. 나는 결국 엉엉, 울음보를 터뜨리고 말았지요.

마네킹이 필요하다고요?

박영희

그녀가 양품점을 오픈한 것은 서른 후반을 코앞에 둔 시점이었다. 2년의 결혼생활 후 돌아온 싱글이며 세 번의 이직 후 백수의 시절을 보내다가 노는 것도 지겨워져서 바리스타 자격증이나 따서 작은 커피숍이나 해볼까 하며 망설이고 있었다. 그러다가 앞으로의 인생이 궁금해서 찾아간 점집에서 타로카드를 보니 손에 물을 묻히는 장사보다 옷가게가 사주와 맞다 해서 시작한 일이기도 했다. 시장 입구에 친구의 언니가 하던 양품점을 권리금 없이 인수하여 경험 삼아 시작해보기로 했다. 그녀의 가게는 추어탕 집과 만물상과 과일가게를 지나 통술집 옆에 있었다. 세련된 인테리어와는 거리가 먼 양품점은 자질구레한 물건들로 그득했다. 화장품 진열장이 한쪽을 차지했고 유리 진열장에는 속옷들과 양말들이 여성복, 아동복과 함께 무더기로 쟁여져 있었다.

그녀가 가게를 인수하자마자 한 것은 화장품 진열장을 치우고 두 개의 마네킹을 가져다 놓은 것이다. 넓은 유리창 앞쪽으로 두 개의 마네킹이 서 있고 얼굴과 다리가 없는 속옷 전문 마네킹이 진열장 위에 놓여 있었다. 매주 새로운 옷들을 디스플레이하며 서울의 남대문시장에서 가져온 물건이라고는 하지만 왠지 부산 도매시장에서 몇천 원 더 얹어주고 가져왔을 것 같은 일상복 위주였다. 오래된 주택단지와 주공 아파트가 있는, 서민들과 신혼부부가 유독 많은 동네였다. 신기하게도 사주팔자가 그랬는지 그녀의 가게는 늘 손님들로 복작거렸다. 단골과 지나가는 손님들이 그냥 들어와서 놀다 가곤 하지만 손님이 어떤 옷을 입어도 주인보다 날씬해 보인다는 게 영업 비밀이면 비밀이었다. 그녀는 20대 때 쌍꺼풀 수술을 했고 이런저런 다이어트를 해도 늘 88사이즈 가까운 몸매를 유지하고 있었다. 성격 또한 몸매만큼 푸짐하여 단골들의 부탁과 요청으로 김장철엔 젓갈과 벌꿀을 맡아 팔아주기도 했다. 단골이 단골을 데려오는 착한 소비자들과 그렇게 그녀는 사계절을 다섯 번 보내는 동안 햇수만큼이나 통장에 돈도 조금씩 쌓여갔다.

며칠 전 그녀는 점포 정리라는 글자를 써 유리창에 붙였다. 주인이 이층집을 허물고 5층 상가를 짓겠다고 했기 때문이다. 어차피 카페를 할 계획이었기에 그녀는 주저하지 않았다. 때가 되었기 때문이라고 생각했다. 권리금 없이 들어와서 여태 잘 살아왔으니 충분하다고 스스로 위안하며 입소문을 내어 남은 옷들을 남김없이 팔아버렸다. 이제 그녀의 가게에는 유리 진열장과 옷걸이와 오래된 탁자와 마네킹 2개와 속옷 전문 마네킹과 88사이즈 그녀만 먼지가 돌아다니는 빈 가게에 덩그러니 남았다.

마지막 날 밤 그녀는 캔맥주를 한 캔 땄다. 고생한 그녀 자신을 위해, 또한 그녀의 분신이기도 한 세 마네킹들과의 이별의식이었다. 그녀 인생의 한 부분이 지나간 곳이며 이제 새로운 시대로 나아가야 할 시점이지만 그래도 섭섭한 것은 섭섭한 것이었다. 알콜의 힘에 의해 알딸딸해지는 기분이 그저 그랬다. 두 번째 캔을 따며 그녀는 아무것도 걸치지 않고 서 있는 마네킹 1에게 이름을 부르며 건배를 제의했다.

"재클린, 넌 참 우아했어. 네가 입고 팔아치운 원피스와 정장 덕분에 먹고 살았어. 넌 정말 멋진 년이었어. 내가 입고 싶은 패션을 너는 모두 다 입어줬잖아. 그것만 했니? 너는 내가 하고 싶은 일을 모두 해냈어. 그래서 고마워. 내가 너였다면 잘생긴 남자 한 트럭 정도는 연애했을 텐데. 그게 늘 아쉽지만,"

손님이 없는 시간 우두커니 앉아 재클린을 쳐다보며 내가 너라면 죽여줬을 텐데, 하는 상상을 얼마나 했던가. 재클린 케네디처럼 늘 단정한 정장을 입고 우아하게 창밖을 하염없이 바라보는 게 꼭 자신을 기다리는 것 같다고 단골이 이름 붙여준 것이다. 모두 추억 속에 남을 일들이었다. 그녀는 한숨을 쉬며 아쉬운 듯 재클린의 차디찬 얼굴과 가슴을 만졌다. 완벽한 여인이었다. 완벽해서 더 한숨이 나왔다. 한숨을 안주 삼아 캔을 비우며 세 번째 캔을 따며 일어났다.

"나는 나이만큼 몸무게도 늘어나는데 넌 어쩜 그대로니? 짜증나게."

툭, 두 번째 마네킹의 엉덩이를 치며 건배를 했다. 그녀가 지금까지 입었던 수많은 옷들이 떠올랐다. 얼마나 세련되고 발랄했던가. 여름이면 비키니나 숏 팬츠를 입었고, 몸매가 그대로 드러나는 원피스로 지나가던 사람들의 눈길을 절로 받았던 끝내주는 년이었지. 죽여주게 좋았던 그 시절이 필름처럼 떠올라 그녀는 잠시 눈을 감을 수밖에 없었다.

"진심으로 블랙핑크, 넌 섹시했어. 어떤 연예인이 너를 따라올까? 세월이 흘러도 넌 그대로잖아. 이효리도 늙어가고 소녀시대도 한물갔잖아. 요즘 블랙핑크 제니가 대세긴 하지만 제니도 곧 저물어. 세월도, 사랑도 가지만 넌 나의 영원한 친구였어."

진심으로 마네킹 2인 블랙핑크에게 감사의 인사를 보내며 캔맥주를 비웠다. 그녀는 추억이 묻어 있는 이 동네를 떠나 더 먼 곳으로 가고 싶지 않았다. 하지만 이 시장 거리가 유명해지자 오래된 가게들은 사라지고 빌딩이나 건물이 들어서기 시작했다. 그녀의 가게 자리에도 프렌차이즈 커피숍이 들어설 예정이라고 했다. 이 시장 거리를 활성화시키는 데 그녀도 얼마쯤 공헌을 했다고 말할 수 있다. 그러면 뭐 하나, 이렇게 또 빈손으로 떠나야 하는 걸, 멍하니 앉아 네 번째 캔을 홀짝이는데 인기척이 느껴졌다. 이차선 도로가 보이는 유리창 쪽에서 그림자 같은 것이 움직였다. 고개를 들어보니 유리창 밖에서 안을 기웃거리며 보는 사람은 그녀의 가게에 드나드는 중년의 남자 손님인 곽이었다.

곽은 그녀가 처음 장사를 시작했을 때부터 단골이었다. 눈이 내리는 어느 날 곽은 꽃다발을 들고 들어와서는 급하게 겨울 목도리와 예쁜 속옷을 찾았다. 아내의 생일을 잊고 있었는데 갑자기 딸내미가 아빠, 오늘 엄마 생일, 이라는 문자를 받았다면서 쑥스럽게 말했던 기억이 떠올랐다. 아내의 사이즈를 물었을 때 곽은 선뜻 말하지 못하고 주인인 그녀를 물끄러미 바라보다 유리창 진열대에 서 있는 마네킹을 번갈아 바라봤다. 그녀는 상냥하게 저보다는 날씬하죠, 하며 진열대 뒤에서 나와 남자 앞에 섰다. 곽은 잠시 뒤로 몇 발짝 뗀 뒤에 그렇다고 해서 사이즈에 맞는 속옷을 세트로 포장하여 건네주며 교환도 가능하다는 친절도 잊지 않았다. 겨울 초입이면 어김없이 곽은 아내의 생일 선물을 사 갔다. 그러다 작년에는 사 가지 않았고 올해는 겨울이 오기 전이었다. 단골이 곽의 아내가 암으로 죽었다는 소식을 전해주기는 했다. 그녀는 일어나 매장의 전원 스위치를 올렸다. 불이 들어오자 곽은 놀란 듯 뒤로 물러났다. 그녀는 유리문을 열었다. 뎅그렁, 울리는 종소리가 명랑하게 들렸다.

"들어오세요."

"아, 네 지나가다가 그래도 단골인데, 떠나시는 것 같아서 인사라도."

곽은 벌게진 얼굴로 몇 마디 더듬거리더니 그녀를 바라봤다. 순간 그녀의 가슴 저 밑바닥에서 들려오는 어떤 기미를 느꼈다. 그녀는 내심 그를 오랫동안 알아온 듯 의자를 권하며 믹스커피를 한 잔 타서 권했다.

"네, 저도 이 동네에 정이 들어서 떠나는 게 섭섭하네요. 그래서 캔맥주 한잔하고 있었어요."

"그러면 이 동네에 다른 점포를 얻어 하시죠."

"이제 다른 것 해야죠. 바리스타 자격증이 있어 작은 커피숍이나 내려고 알아보고 있어요."

둘 사이에 더 이상 대화가 이어지지 않았다. 그저 멍하니 창밖을 바라보며 어색한 침묵을 견뎌내고 있었다. 곽은 민망하게도 발가벗겨진 마네킹 1을 바라보고 있었다.

"그럼 이 마네킹들은 어쩌실 겁니까?"

"재활용하게 버려야죠. 왜요?"

갑자기 곽은 벌떡 일어나 마네킹 1의 손을 콱 움켜잡으며 말했다.

"저, 저 주세요."

"네? 뭐 하시게요?"

그녀는 놀라 되물었다. 곽은 주저주저하며 뭐, 그냥 정이 들어서요. 어쩌고 했다. 이 사람이 부끄러움이 많아서 내게 해야 할 말을 이렇게 둘러서 하나 싶었다.

"저는 여기서 멀지 않은 곳에 커피숍을 오픈할 거예요. 자주 놀러 오세요. 제 전화번호를 알려드릴게요."

그녀는 술기운을 빌려 용기를 내어 말했다. 기회는 늘 있는 게 아니었다. 지금 이 시간이 그녀가 할 수 있는 최선의 방법이었다. 어쩌면 그녀의 마음도 곽과 같다고 생각하여 우회적으로 말한 것이었다.

"네네. 가야죠. 갈게요. 근데 저는 이 마네킹이 필요해요."

장난으로 말하는 게 아니었다. 곽의 말투에 진심이 담겨 있다는 게 느껴졌다.

"왜 마네킹이에요? 살아 움직이는 사람도 있는데요."

그녀는 곽에게 그녀의 마음을 다시 전했다. 그는 조금

쑥스러운 듯 대꾸했다.

"내가 좋아하는 스타일의 옷을 매번 입고 있더라고요."

그녀는 말하고 싶었다. 그 옷을 입힌 사람은 그녀 자신이라고. 여태 곽이 지나가면서 인사하고 눈길을 보낸 것이 그녀가 아닌 마네킹 때문이라는 것을 늦게 알아차린 것이다. 자신이 아닌 마네킹을 원하는 곽을 보며 너무 서운한 마음이 들어 곽이 변태가 아닌가 하는 생각까지 들었다.

"아내가 암으로 가고 아이들도 공부한다고 집을 떠났어요. 집에 가도 얘기할 상대가 없어요. 직장에 가도 모두 이주민 노동자들뿐이라서 하루 종일 입을 닫고 있어요. 마네킹이라도 가져다 놓고 집사람 옷을 입혀가지고 말이라도 좀 나눠보려고요."

변명이라도 하듯이 말하며 곽은 마네킹 1인 재클린의 손을 잡고 있었다. 그녀는 어이가 없었다. 가상 인간이 티브이에서 모델을 하는 시대라지만 어떻게 마네킹과 대화를 하겠다고 이러는지 싶었지만 곽의 말에 어떤 설득의 힘이 느껴졌다. 그녀도 그랬지 않은가. 장사를 끝낸 늦은 밤, 혼자 앉아 마네킹인 그녀들과 얼마나 많은 대화를 나누었던가. 어쩌면 그녀가 지금껏 힘든 시간을 견뎌낸 것은 그녀들과 나눈 대화의 힘이었다는 생각이 들었다. 곽에게도 그런 시간이 필요할 것 같았다.

그녀는 그의 붉은 눈을 잠시 바라보다 천천히 재클린에게 다가가 과감하게 몸통과 지지대를 분리하고 팔을 비틀어 빼내었다. 이건 아니었지만 그녀는 끝까지 침착해야 했다. 서랍을 열어 비닐봉투를 꺼내 지지대와 머리통을 담아 곽에게 건네고, 재클린의 봉긋한 가슴이 있는 몸통을 건네자 부끄러운 듯 껴안는 곽의 얼굴은 달처럼 환해졌다. 재클린과 집으로 돌아가는 곽의 발걸음이 빠르게 시장거리를 벗어나고 있었다.

술기운 때문인지는 모르겠지만 잠시 휘청거렸던 그녀도 블랙핑크의 허리를 과감하게 지지대에서 빼냈다. 블랙핑크에게 말이라도 건네야 이 가을을 견딜 것 같았다.

바람의 여자

박주원

터널을 지났는데도 여자는 내 손을 보고 있었다. 순천에서 오는 차는 꽉 찬 손님으로 창고에 들어서는 것처럼 답답했다. 게다가 내가 앉아야 할 옆자리의 여자는 깊은 잠에 빠져 있어 창가의 좌석으로 들어서려니 여간 조심스럽지 않았다. 얼마나 과도한 노동을 하고 왔기에 저러나. 출발지와 여자의 전체적인 차림으로 봐서 밭일을 했거나 시장 가판에서 생선을 팔다 온 것은 아닐까 싶었다.

그런데 어느결에 눈을 뜬 여자가 내 손과 얼굴을 살피듯 번갈아서 곁눈질하고 있지 않은가. 왠지 섬뜩함이 실려 있는 집요한 눈길이었다. 내 손과 자신의 손을 번갈아서 비교하는 것도 무척 마음에 걸렸다.

"언니 이 손에는 '끼'가 없어. 예술적인 감각 말이야."

손가락에는 도희가 구박하듯 꽉 쥐고 발라준 별난 매

니큐어가 칠해져 있다.

예사롭지 않은 여자의 관심에 부담이 느껴진 나는 슬그머니 두 손을 깍지 껴서 옷 속으로 감추었다. 손톱에 칠해진 도희의 자칭 '아트페어'를 확인하듯 더듬는다. 얼마간 사라졌다 뜬금없이 나타난 도희가 솜씨를 보인 흔적이다. 보통의 방식으로는 접하기 어려운 치장인지라 처음에는 나도 거부했었는데 손톱 밑이 새까만 투박하고 거친 손을 가진 여자로서는 예사로 봐 넘길 수 없을 거라 이해가 됐다. 그런데 그 눈빛에는 사뭇 질시와 같은 감정도 담겨 있다. 이유 모를 불편한 분위기를 감내하면서 길래 같이 있기로는 부담스러운 느낌이다. 종착지인 부전역으로 가는 겨우 두 량의 '무궁화호'는 연휴를 맞이해서 꽉 찬 여객들로 좌석이 매진인데, 지인의 성의로 '메뚜기석'도 겨우 구했던 참이라 굽도 젖도 못 하게 됐다.

"그냥 손이 좀 못생겼다고 하면 될 것을 꼭 끼가 어쩌네 저떠네 그렇게 연결시키냐? 나 이래 봬도 유치원 다닐 때 발레도 했던 사람이다."

"한 달 내내 지켜봤지만 언니는 천생 현모양처가 제격이야. 여기 선생님이나 한다 하는 사람들 손을 한 번도 안 살펴봤어?"

핀잔을 던진 도희는 마치 낙지발처럼 너물너물하게 긴 자신의 손가락을 좍 펼쳐서 현란하게 흔들어보였다.

"예술은 타고 난 끼가 없으면 죽을 둥 살 둥 노력한다고 성취되는 게 아니야. 언니의 노력만큼은 인정할게."

"피이, 손가락이 짧고 못생겼다고, 어린싹 짓밟아놓고, 너나 성공해라 이 여우야."

나는 피식 웃으면서 귀엽게밖에 볼 수 없는 도희의 볼을 콕 찔렀다.

도희는 고전무용 교습소에서 만난 사인데 시원시원한 그녀의 마음씨와 행동거지에 먼저 호감을 느낀 쪽은 나였다. 도희 역시 견고한 담장이나 큰 나무처럼 일견 답답해 보이는 측면의 내가 듬직하고 만만해서 좋다는 거였다.

"너희 부모들이 조금만 더 신경 써서 그 방면으로 밀어줬으면 좋았을 텐데."

"떠돌이 광대밖에 모르는 이들이, 딸이 가진 남다른 끼를 좋게 봤겠어?"

"그래, 우리 부모들이 끼라는 걸 잠재적 예술혼으로 좋게 인식하는 풍토는 아니었지."

"나 이래 뵈도 참 여러 가지 해봤어요. 성악도 했고 악기는 피아노, 기타, 색소폰, 대금도 쬐끔씩 다룰 줄 알죠. 사랑하는 남자랑 눈이 맞아서 결혼도 했어요. 결국 다 말아먹었지만 사업도 이것저것 안 해본 게 별로 없을걸요. 한 가지만 하고 있으면 너무 지루해서 전신이 간질간질 콕콕 쑤시는데 어떡해."

"소설 쓰는 사람이 현장실습을 중요하게 여긴다는 말은 들었다만, 그런 것하고 같은가?"

비아냥거림이 분명한 말이 내 입에서 떨어지는 순간 도희가 깔깔거리며 웃어젖혔다.

"언니야말로 길가에 돗자리 깔다 나왔나 봐."

"정말 글도 써?"

"라디오 프로에 힘겨운 시집살이 육아 따위를 푸념해서 보내는 게 낙일 때도 있었죠. 상품이 도착할 때는 반짝 좋아했지만 결과적으로 욕바가지만 뒤집어썼죠. 시어머니는 며느리인 나 때문에 속병이 들어서 죽었다 하고 남편이나 시누이들까지 한통속으로 비난했거든요. 여자가 집안 살림은 개판으로 해놓고 게으름만 피운다고. 나라면 끔뻑 죽어주던 남편까지 이해를 못 했으니 제 처지가 어땠을 것 같아요? 아아, 내 입으로 이젠 그만 얘기 그만하고 싶어요."

그녀가 돌연 자취를 감추었다 하면 어디선가 현장감 있는 사진이나 택배가 배달되었다. 제주에서 일한다며 보내온 태깔 없이 지저분한 무공해 감귤도 있고 강릉 오광대 판에서 춤을 춘다고, 진주에 있는 논개축제나 유등축제에서 전화 아니면 실측 사진을 보냈다. 사람들은 그녀가 너무 가볍게 팔랑거려서 신뢰가 안 간다고 했다. 그러나 흐리고 무거운 날 쨍하게 드러나는 여우별처럼 그녀가 출현해서 달라지는 밝은 분위기까지 부인하지는 못했다.

이 손톱 장식도 어디론가 또 바람에 불리는 가랑잎처럼 질정 없이 사라졌다 나타난 흔적이었다.

"이게 내 '아트페어'야."

눈앞에 드러난 작은 손톱 위에는 혹 달린 듯 여러 가지 꽃과 동물 모양이 울퉁불퉁하게 돋아 있고 거기 입혀진 여러 가지 색채 또한 화려하기 짝이 없다.

"이렇게 하고 다니면 남들이 오히려 징그럽다고 흉볼까 겁난다."

"오 슬퍼라! 배격당하는 나의 예술혼이여."

"그동안 이걸 배우느라 잠적했던 거였어?"

"아르바이트하면서 어깨너머로 커닝 좀 했지."

"또 어딘가를 바람 잡고 다니겠구나 짐작은 했지만 이렇게 엉뚱한 걸 배워 올 거란 생각은 못했지."

"그러니까 언니도 아직 내가 가진 끼를 다 인정하지 못하는 그렇고 그런 사람 중 하나라고!"

"또 그놈의 끼!"

도희는 다시 내게 없는 끼를 꼬집었고 우리는 유쾌하게 웃어댔다.

터널을 빠져나오자 기다렸다는 듯이 여자가 말을 걸었다.

"아지매는 어데까지 가는 기요?"

"물금역까지요. 친구가 거기 황산공원에 핀 억새꽃과 국화 전시회를 같이 보자고 거기서 기다려요. 여사님은 어디까지 가세요?"

아까부터 어둠에 잠겨 있던 인상이라 위로하듯 살갑게 대응을 했다. 여자는 즉답 대신 포옥 한숨을 내쉬고 잠시 뜸을 들이더니, 머리꼭지까지 꽉 차 있던 말들을 마개 열린 물통처럼 콸콸 쏟아낼 조짐을 보였다.

"아지매 겉은 사람들은 썩어 문드러지는 내 쏙을 모를끼요. 아지매 손을 보고 눌렀던 심화가 더치는데 미안하요. 겉으로는 참 숫접어 뵈는 사람인데 내가 오해를 해서."

"아까부터 이상한 눈치를 읽기는 했는데 무슨 이유가 있나요? 실은 지금 만나러 가는 친구가 해준 거라서 안 지우고 그냥 둔 거예요."

"아지매는 아닌 것 같애서 하는 말인데, 여자가 끼가 있으면 집구석 망쳐요."

생판 처음 만나는 여자로부터 또 없는 '끼'를 비난받는 건가? 어떤 해석으로 들어야 할지.

"처음 만난 사람한테 내 친정사를 말하기 부끄럽지만, 내가 와 아까부터 잠티맹키로 사람이 오는 줄도 모리고 잠을 잤는지 모르지요? 내가 부전동 시장에서 갈치를 파는데 장사도 접고 고흥까지 가서 어매 제사를 지내고 오니라꼬 그란하요. 남동생 놈 하나 외동으로 있는데 이놈이 서울로 대학교 보내논깨 데꼬 온 가시나가 탈렌트 저리 가라 예쁘데요. 그런데 그게 동티라요."

"끼가 있다고 하면 흔히들 남자관계가 복잡한 쪽으로 말하는데 댁에 올케도 그렇다는 뜻인가요?"

"안 보는 데서는 뭔 짓을 하고 댕기는지 모르지만, 이것이 살림살이는 내몰라라 하고 밥도 돈도 안 되는 헛거무만 잡아요. 우리 오매가 골병이 들어서 죽어도 어질고 무른 내 동생 놈은 팔랑개비 제 여편네한네 휘둘리고 산당께요. 우리 아부지는 또 아부지대로 며느리가 뭘 한다고 할 때마다 문턱이 닳게 논밭 팔아서 돈 보내기 바빴지요."

"친정아버지 되시는 분이 며느리 바로 세우려고 무척 인내심 있게 대처를 하신 것 같네요."

"우리 올케 이 인간도 손가락이 벼룩 간 내 묵게 얼매나 긴지, 거게다 까만 매니큐까지 바르고 흔들어 봐요. 귀신 본 듯이 뒤로 홰장작 안 패고 배기나. 주부가 잔닥하게 살림을 안 살고 몸꼴이나 내고 댕기니 집구석 꼴이 우찌 되겠능교. 서울서 미장원 하는 언니도 늦게까지 제수 장만해서 같이 제사 지내고 갔는데, 찻간에서 꼬박꼬박 병든 달구새끼 맹키로 자불고 갈거라, 생각할수록 부아가

치밀어 죽겠어요."

여자의 목소리가 점점 격앙되는 순간이었다. 우리 열차는 조금 후에 물금역에 도착합니다. 무한정 퍼낼 것 같던 여자의 토로는 싱겁게 차단되었다.

열차가 떠난 텅 빈 홈에서 그 여자의 사연을 반추했다. 예술의 모근인 '끼'의 표출이 이렇게 나타날 수도 있다. 속된 호기심으로 그 여자 올케의 이름을 확인했더라면 어쩔 뻔했나. 우연히 같은 자리에 앉았던 그 여자가 도희의 시누이였다니.

"끼가 아무리 독특해도 과감하게 자기를 벗어던지는 용감성이 없으면 예술은 텄어. 요컨대 집중할 수 있는 환경과의 연결이 관건인데 난 그게 안 돼, 용 못 된 이무기, 그게 바로 나 아닌가베."

나를 초대한 도희는 또 승화시키지 못한 꿈의 날갯짓을 어떤 모습으로 맴맴 드러낼지.

선미의 진심

서경숙

선미는 눈을 뜨자마자 텔레비전을 켰다.

지난주 대전에서 부부 싸움을 하던 중 남편을 살해한 부인이 붙잡혔습니다. 경찰 수사 결과 우발적인 범행이 아니라 몇 년 동안 살인을 계획했던 것으로 드러났습니다. 수사 과정에서 피의자가 그동안 남편에게 폭력을 당해왔던 사실이 밝혀졌습니다.

뉴스가 선미의 눈과 귀를 사로잡는다.

20년 전 가을이었다. 갑자기 날씨가 추워지고 바람이 많이 불었다. 선미는 저녁에 먹은 밥이 목에서 내려가다 걸려 있는 느낌이 났지만 잠자리에 들었다. 12시쯤 화장실이 가고 싶어 눈을 떴는데 벽이 빙빙 돌기 시작했다. 옆에서 자는 남편 강욱을 깨웠다.

"여보, 나 속이 메스껍고 너무 어지러워. 어떡하지?"

"급하게 뭘 먹었기에 그래! 저번에 사놓은 소화제 먹어 봐."

소화제를 가지러 가는 것조차 힘들다는 것을 아는지 모르는지 강욱은 다시 코를 골면서 잠을 잤다. 그날따라 어지럼증은 더 심해지고 식은땀이 흘렀다.

그렇게 시간은 흘러서 창밖이 밝아지고 아침이 되었다. 선미는 이 시간에 출발하면 병원 문을 열 시간이 될 것이라 생각하고 집을 나섰다. 집 밖에 세워 둔 차 시동을 거는 순간 차가 뱅뱅 돌기 시작했다. 선미는 운전석에 쓰러졌다. 도저히 고개를 들 수가 없었다. 누가 차를 손에 들고 돌리고 있는 것 같았다. 선미는 엎드린 채로 간신히 강욱의 번호를 눌렀다.

"여보! 나 지금 차 안에 있는데 혼자서 병원 도저히 못 가겠어. 좀 태워줘."

"뭐! 지금 집 아니야? 어딘데?"

"집 앞에 있다고. 차 안이라고!"

선미는 소리를 지르고 쓰러졌다.

"여자가 어디다가 아침부터 고함을 치고 난리야! 죽을 병이라도 걸린 것처럼. 에이!"

선미는 정신없는 와중에도 강욱의 말을 똑똑히 들었다.

20년 동안 쌓아온 믿음이 무너지는 것은 일 분도 걸리지 않았다. 남편의 외도를 목격한 사람처럼 선미는 배신감에 몸을 떨었다.

병원에 도착해서 MRI를 찍은 결과 뇌졸중 진단을 받았다.

의사는 골든타임을 놓쳐서 뇌 마비가 많이 진행되었다고 말했다.

그날 이후로 십 년이 흐른 지금까지 선미는 두 팔을 흔들며 씩씩하게 걷지 못한다.

강욱은 선미가 집 밖으로 나가는 것을 싫어했다. 마트를 가거나 시장을 가더라도 고개를 숙이고 다녔다. 택배기사나 이웃집 남자하고 몇 마디 말이라도 나눈 날은 뜬눈으로 아침을 맞이해야 했다. 치마도 입지 못하게 했다. 화장을 하면 피부가 상한다며 스킨로션만 바르도록 강요

했다.

선미가 뭔가 잘못된 결혼이라는 것을 알았을 때는 뱃속에 아기가 있었다.

강욱은 운동 선수였다. 어디를 때려야 상처가 남지 않고 통증만 남는지 알았다. 맞는 모습을 아이들이나 이웃에 들키지 않으려고 선미가 참고 있으면 "맷집이 보통 아닌데."라며 미소를 지었다.

거미줄에 걸려버린 잠자리처럼 선미의 사지를 강욱이 붙들어 매고 그 거미줄에서 헤어나올 수 있다는 희망도 없이 지내던 어느 날이었다.

선미가 잠을 자다 눈을 떴을 때 방바닥에 강욱이 쓰러져 있었다.

강욱의 몸은 비를 맞은 사람처럼 땀에 젖어 있었다. 선미는 놀라서 비명을 지르며 전화기를 집어 들었다. 119에 전화를 하려고 11까지 누르다가 침대 밑의 강욱에게 눈길이 갔다. 강욱은 침대 밑에서 소리도 지르지 못하고 숨도 멈춘 상태로 누워 있었다. 강욱은 선미를 깨우려고 하다가 쇼크가 온 것 같았다. 축 처진 몸 아래 깔린 왼쪽 팔이 많이 아프겠다는 생각이 스치는 순간, 선미가 쓰러지던 날 휴대전화 너머로 들리던 남편의 목소리가 기억났다. 이어 선미의 옆구리를 때리면서 맷집이 점점 단단해진다고 미소 짓던 그의 얼굴이 떠올랐다.

시간이 얼마나 흘렀는지 집 밖에서 고양이의 요란한 울음소리가 들렸다. 그 소리에 정신이 번쩍 들었다. 그제서야 선미는 119에 전화를 했다.

"사람이 쓰러졌어요! 빨리 와주세요!"

장례식장에서 선미를 보면서 사람들은 말했다.

"멀쩡하던 사람이 이렇게 갑자기 가다니."

"그러게 말이야. 얼마나 놀랐으면 사람이 저렇게 넋이 나갔을까."

선미는 흐느끼면서 손수건으로 눈물을 닦았다. 친척들이 선미의 모습을 보면서 작게 소곤거렸다. 옆에서 같이 자면서 이런 일이 생겼으니 얼마나 놀랐을까?

남편의 절친 상규가 선미 옆에 앉았다.

"갑자기 당한 일에 많이 놀라셨지요?"

상규는 무슨 말을 해야 할지 모르겠다는 얼굴로 안절부절못했다. 선미는 헝클어진 머리를 들지 못한 채 말했다.

"내가 수면제만 먹지 않고 잤더라면."

혼잣말처럼 작게 말했다.

"어휴, 사람 목숨이 인력으로 되나요. 제수씨 때문이 아니에요."

"나 때문이에요. 남편은 저를 용서하지 않을 겁니다. 절대로……."

"누가 제수씨를 욕하겠어요. 다 지 팔자대로 살다 가는 건데."

장례식장의 한쪽에서 선미의 시누이와 시동생이 작은 목소리로 얘기를 나누고 있었다.

"오빠는 큰오빠가 당뇨 약 먹고 있다는 걸 알고 있었어?"

"응, 알고 있었지. 한 달 전에 형님 만났을 때 약만 잘 먹으면 건강에 이상 없다고 했는데."

"정말 믿을 수가 없어, 오빠한테 이런 일이 생기다니. 오빠 불쌍해서 어떡해."

"매일 혈당 조절에 좋다는 여주도 먹고 운동도 한다고 했는데."

"형수는 옆에 자면서도 형이 저렇게 되도록 몰랐대?"

"언니가 잠이 안 와서 수면제를 먹고 잤다고 하잖아."

두 사람은 음료수와 과일을 간간이 입으로 가져가며 얘기를 하고 있었다.

잠시 후 시동생과 시누이가 선미 옆에 앉았다.

"언니! 또 쓰러지시면 어떡하려고 이래요! 진정하세요."

"형수님! 링거 맞고 겨우 일어났는데 뭐라도 좀 드셔야죠."

아버지의 소식을 들은 딸 현아가 도착했다. 항상 단정한 정장 차림의 현아인데 자다가 왔는지 체육복 차림이었다.

"엄마! 어떻게 된 일이에요."

"아침에 눈을 떠보니 아빠가……."

선미는 가족들과 지인들에게 수없이 반복했던 말을 했다. 잠이 오지 않아 수면제를 먹고 잠이 들었고 새벽에 잠이 깨서 보니 강욱이 옆에 쓰러져 있었다. 그래서 바로 119에 전화를 했다고.

선미의 진심은 아무도 몰랐다.

화장실 이바구

예시원

"어이, 니가 뭔데 내보고 자네, 자네 하노?"

김 영감은 오랜만에 고등학교 동기회 모임에 참석했다가 민망한 다툼을 목격하게 되었다. 사건의 발단은 동기회 총무가 회원들의 참석을 독려하기 위해 전화 연락을 하면서 시작되었다.

화를 내는 친구의 말인즉, 총무가 전화를 할 때마다 자기보고 자네, 자네 하면서 하대를 한다는 것이었다.

"자네는 왜 수시로 밤늦게 전화해서 사람을 괴롭히노?"

'자네'라는 소리를 들은 친구는 단단히 심사가 틀어져, 그 보복(?)으로 술만 먹으면 총무의 집으로 밤늦게 전화를 해댄다는 것이다. 보다 못한 다른 회원들이 글공부를 한다는 김 영감에게 중재를 부탁해왔다.

"니가 그래도 명색이 글 좀 읽는 사람이니 한번 해설을 해도고."

느닷없는 부탁에 조금은 황당했지만, 김 영감은 알고 있는 상식을 차분히 설명해주었다. '자네'는 상대방이 친구나 아랫사람일 경우 그 사람을 존중해주는 말이다. 결혼한 남자인 경우 장인, 장모가 사위를 부를 때나 처남을 부를 때도 '자네'라는 말을 쓸 수가 있다.

"자네만 알고 있게.", "자네 집으로 가세."

'자네'라는 말의 원뜻은 정말 막역한 사이에 친근감의 표시로 쓰는 말이다. 하지만 젊은 사람들 사이에선 잘 사용하지 않다보니, 간혹 오해를 해서 시비가 생기기도 한다. 그 뜻은 좋은 의미인데도 일상에서 잘 쓰지 않다가, 불쑥 사용하게 되면 뜻밖에 봉변을 당하기도 한다.

두 친구의 말다툼이 새삼 우리말의 소중함과 함께, 사용할 때도 신중해야 함을 생각해볼 수 있는 계기가 되었다. 김 영감이 그 친구들을 화해시킬 수 없을까 고민하고 있는데 다른 회원이 좋은 제안을 했다. 푸닥거리를 한번 걸게 하자는 것이다. 다음 모임 때 2차로 노래방에 가서 그 노래를 불러주자고 했다.

"여보게 친구, 웃어나 보게/어쩌다 말다툼 한번 했다고

등질 수 있나/대보름날 동산에 둥근 달 떠오르면/두 어깨 맞닿은 정에 노래 즐겁던/아하, 자네와 나는 친구야 친구"

김 영감은 친구들을 생각하니 공연히 함박웃음이 나온다. 혼자서 실없이 웃어본다.

"남자들은 화해하는 데 술이나 노래 또는 목욕탕에 같이 가는 방법도 있는데, 우리 한번 같이 갈까?"

"좋지, 이왕이면 화장실도 같이 한번 가면 좋을 낀데 말이야."

"니 변태 아이가?"

우리의 일상생활에서 동서양을 막론하고, 가장 은밀하고 아늑한 휴식공간을 찾으라면 화장실을 꼽을 수 있다. 그곳은 우리의 몸을 깨끗이 유지 관리할 수 있기도 하지만, 혼자만의 사색공간이 되기도 한다.

김 영감의 하루 일과 중, 화장실 사용 빈도가 높은 시간대는 주로 아침이다. 신문을 펼친 채 가만히 앉아 있으면 배설물이 저절로 쓰윽 삐져나왔다. 그런데 옆 칸을 들락거리는 사람들이 내는 소리의 종류도 참 가지각색이다.

저마다 방귀소리도 특이하고, 몸부림을 치며 내지르는

소리도 여러 가지다. 우선 양변기에 앉으면 방귀소리가 대포처럼 '뿌웅' 하고 우렁찬 사람도 있다. 그 소리의 주인공은 통닭집 배씨였다. 그런가 하면 '부르륵' 하는 오토바이 엔진소리도 있고 '쭈르륵 쭉' 하는 배탈이 난 것 같은 소리도 있다. 그 소리는 평소 장이 좋지 않아 고생하는 세탁소 염씨의 화장실 소리다.

장이 튼튼한 김 영감은 괄약근을 힘들여 조절하지 않아도 아주 부드럽게 볼 일을 본다. 하지만 조금이라도 변비가 있는 사람은 고통스런 신음소리를 낸다.

"어헉… 허억… 끄응…." 슈퍼 주인 장씨의 소리다. 김 영감은 우연히 귀에 들리는 소리였지만, 참으로 안타깝고 자기가 괜히 답답해짐을 느꼈다.

"욕본다. 쯧쯧쯧…"

김 영감은 아침에 볼일을 보다가 '화장실'이라는 화두가 떠올랐다. 아련한 어린 시절 기억부터 더듬어보았다. 지금부터 30여 년 전에는, 도시와 농촌 할 것 없이 대부분의 화장실이 푸세식(재래식)이었다. 나무로 얼기설기 만든 것과 시멘트로 만든 차이일 뿐, 쪼그려 앉아서 일을 보는 형태는 똑같았다.

도시에서는 주기적으로 마을을 돌며, 돈을 받고 똥을 푸는 위생차(일명 똥차)가 있었고, 농촌에서는 군용 철모 내피(화이버)에 긴 작대기를 묶어 '똥장군'이라 불리는 통에 퍼 담았던 기억이 난다. 그것을 지게에다 얹어서 밭에다 뿌리면 아주 훌륭한 거름이 되었다. 사람에게서 나오는 인분은 그 성분이 매우 독해서 작물을 잘 구분해서 뿌려야 했다. 그러지 않으면 나중에 잎사귀들이 다 녹거나 말라서 낭패를 볼 때가 있다. 그래서 옛말에 "사람 똥은 개도 안 먹는다."는 말이 나온 듯싶다.

화장실에서 나온 김 영감은 슈퍼마켓 앞을 지나다가 장가를 보고 손짓했다.

"우리 사무실에 놀러 오이라. 차 한잔하구로."

김 영감은 아침부터 장씨를 앉혀놓고 똥 이야기에 열을 올렸다. 똥에 관한 에피소드는 참 많다. 예전에 시골에는 거름이 귀해서, 밭 옆에 구덩이를 파서 똥을 저장해 놓은 곳이 많았다. 오래되면 그 표면이 굳어서, 자세히 보지 않으면 흙인지 똥인지 구분이 잘 되지 않는다. 멋모르고 발을 짚었다가 봉변을 당하는 경우도 종종 있었다. 똥 탕에 빠지면 오래 살라는 의미로 떡을 해서 이웃과 나눠 먹던 기억도 났다.

"행님, 옛날이나 지금이나 변하지 않는 것이 있다 아이요. 가정집을 제외하면, 일반 공중화장실이나 학교 화장실에는 영락없이 지저분한 낙서자국이 있는 기라요. 그중에서 제일 많은 것이 거시기 이바구하고 욕이데요. 간혹 남자나 여자의 신체를 그려놓은 것을 보면 한심하기도 하지만, 우리가 어렸을 때나 지금이나 변한 게 없구나 생각하면, 씁쓸한 웃음이 나오데요."

장씨는 아침부터 똥 이야기에 열을 올리는 김 영감과 장단을 맞춰, 화장실 이야기에 재미를 붙였다.

"어이 봐라 장가야, 얼마 전에 내가 텔레비전에서, 베트남의 어느 마을에 있는 공중화장실을 보고 놀래 자빠진 적 있다 아이가. 길가 양쪽으로 길게 파놓은 구덩이에, 온 동네 주민들이 어른 아 할 것 없이, 나래비로 엉덩이를 까고 백주대낮에 노상에서 볼일을 보는 기라. 잠시 후에 누가 돼지 떼들을 몰고 오면, 돼지들이 그 인분을 먹는 기라. 그걸 보고 예전에 한국에도 있었던 제주도 똥돼지 생각이 나데. 근데 벌건 대낮에 떼 지어가꼬, 궁뎅이를 드러내놓고 똥을 누는 짓은 참말로 얄궂데. 글마들 희한한 놈

들인 기라. 에이 더럽은 놈들."

"행님, 화장실 이야기가 나왔으이까네, 내가 군대시절 겪었던 일을 한 가지 이바구 해보끼요. 대한민국 남자라면, 누구나 한번 갔다 와야 할 곳이 군대 아인교. 특히 전방부대에서 근무한 사람들은, 내가 하는 이바구에 공감하는 기 많을 깁니더."

장씨 이야기에 따르면, 군대화장실에는 '똥탑'이라는 것이 있었다. 전방부대의 혹한기에는 보통 영하 25도를 오르내리는데, 겨울 내내 화장실 오물을 퍼내지 못하고 꽁꽁 얼린 채 내버려 두게 된다. 서너 달 인분이 쌓이면 그 위에 배설을 하고, 밤새 얼어붙으면 그 위에 또 볼일을 봐서 층을 이루게 된다.

그 탑처럼 차곡차곡 쌓인 것을 이른바 '똥탑'이라고 불렀다. 더 이상 볼일을 보지 못할 정도로 탑이 쌓이면 작대기를 하나 장만해놓고, 똥탑을 툭툭 쳐서 한 층을 제거한 후 거사(?)를 치른다. 그런 수고도 하지 않은 채 볼일을 보려면, 엉덩이에 차갑고 불쾌한 것이 와 닿는다.

"아, 그때의 그 기분이란… 으…."

장씨는 몸까지 부르르 떨면서 실감나게 이야기를 하는

것이었다.

오래전에 김 영감은, 직장산악회에서 단체로 경주 남산을 간 적이 있었다. 마침 경주가 고향인 동료의 집에서 아침식사를 했었는데, 그날 재수가 옴 붙었는지 아주 큰 낭패를 겪게 되었다. 아침밥을 맛있게 잘 먹고 화장실에 쪼그려 앉아, 느긋하게 담배를 한대 물고 아랫배에 힘을 넣었다. 흐뭇한 웃음을 지으며 기분 좋게 일발 발사한 순간 아뿔싸, '철퍼덩' 하는 소리와 동시에 오물이 튀어 엉덩이를 적시는 것이었다. 오매야, 이런 낭패가 어디 있는가…. 그곳은 위생차가 와서 변소를 비운 지 며칠 되지 않은 물탕이었던 것이다.

"아으, 우째 이런 일이!"

환장할 일이었다. 화장지와 신문지를 있는 대로 동원해서 어찌어찌 응급처치는 했지만, 그 고약한 냄새는 사라지지 않는 것이었다. 버스에 탑승해서 주변 동료들 눈치만 보고 있는데, 결국 후각이 발달한 목소리 큰 녀석에게 얻어 걸리고 말았다.

"흠흠, 우와 니, 방구 뀌었나? 어제 뭐 묵었노? 썩는다, 썩어!"

아, 그 난감함이란. 그런데 그 녀석 1절만으로 끝내는 게 아니고, 2절을 읊는 것이었다.

"이거, 이거 아무래도 수상타. 니 방구 뀐 게 아니고, 혹시 바지에 똥 싼 거 아이가? 니 바른말 해라이"

그 순간 대수롭지 않게 여기고 있던 동료들마저, 눈빛이 달라지며 장단을 맞췄다.

"맞다. 이거 분명히 싼 거 같은데, 니 바른대로 말해라. 쌌제?"

김 영감은 결국 화장실에서 있었던, 똥 폭탄 사건을 이실직고 하고 말았다. 그 사건 이후, 지금도 쪼그려 앉아 일을 보는 푸세식 변소를 보면 공포를 느낀다. 그때 향수라도 좀 있었으면, 그런 수모는 면했을 텐데 하는 아쉬움이 많이 들었다.

향수를 떠올리니까 그 유래가 생각난다. 향수란 것을 아주 고상한 것으로 알고 있었는데, 실은 지저분한 이유로 만들어졌다고 한다. 프랑스 루이 14세가 베르사이유 궁전을 호화롭게 지었는데, 그곳엔 화장실이 없었다고 한다.

그 많은 귀족들이 배설물을 처리할 때는 건물의 구석진

곳이나 정원의 풀숲 또는 나무 밑을 슬쩍 이용했다고 한다. 심지어 봉지 같은 데 볼일을 보고 창문 밖으로 던질 때도 많았다고 한다. 특히 그 시대 여성들의 치마가 통이 넓었던 이유도 아무 곳에서나 일을 치를 수 있도록 만들었기 때문이다.

프랑스에서 향수가 발달된 것도 실은 몸에서 나는 변 냄새를 감추려고, 향수를 많이 사용했기 때문이다. 결국 이를 보다 못한 궁전관리인이 정원에 출입금지 표지판을 세웠는데, 그것을 '에티켓(etiquette)'이라고 불렀다. 아무튼 화장실 사용을 깨끗이 하고, 뒤처리도 깔끔하게 해야만 문화인이 아니겠는가. 간혹 밤거리에서, 전봇대나 남의 차 옆에서 실례를 하는 몰상식한 이들을 보는데, 여기에도 남녀구분이 없다.

"행님, 그 서양 놈들 참말로 더럽은 놈들이네요. 만 놈들."

"하모, 예의가 없어, 예의가! 아주 몰상식한 것들이지."

푸른 그늘

이경미

연주는 펜션 입구로 들어서며 건물 외형이 십이 년 전과 별반 달라진 것이 없음을 느꼈다. 반갑기도 했지만 어딘가 옥죄어오는 기분이 들었다. 군청 홈페이지 구인구직란에서 '펜션 에버그린 알바 구함'을 발견하고 바로 전화한 것은 일을 찾는 중이기도 했으나 와보고 싶은 마음이 커서였다. 현이 다섯 살 때 이곳에서 일박하고 그다음 어디로 갔지? 생각해 보지만 가물가물했다. 다음 날인가 그다음 날인가 도시의 경계를 지나고 또 지나서 복지원으로 현을 데려다줬었다. 다른 방도가 없었다.

휴대폰 알람이 울렸다. 문자메시지의 지시대로 세탁실로 가자 나흘간 자리를 비우는 실장이 쓴 쪽지가 눈에 들어왔다. 해야 할 일이 순서대로 빽빽하게 적혀 있었다. 연주는 청소 도구를 챙겨 들고 객실로 갔다. 마음 같아서는 현과 묵었던 방으로 가고 싶지만 세탁실과 가까운 일층 객실을 치우며 빨리 이곳 일을 손에 익혀야 했다. 두 개째 객실을 치우는데 앳돼 보이는 남녀 한 쌍이 왔다. 이층 현과 묵었던 객실을 예약한 팀이었다.

지금은 입실 시간이 아니라 했고 난감해하는 그들에게 주변을 한 바퀴 돌고 오는 동안 청소해두겠다고 했다.

부랴부랴 청소 도구를 챙겨 이층 객실로 갔다. 난장판이었다. 밟는 곳마다 찐득한 것이 달라붙었다. 여기저기 과자 봉지와 찌그러진 맥주 캔과 넘치는 쓰레기통을 정리해 밖으로 내놓았다. '썬칩'은 오랜만에 보는 것이었다. 현이 이곳으로 오는 동안 줄곧 바사삭, 부서지는 소리를 내며 먹었던, 바비큐 장에서 삼겹살을 구워 내밀어도 봉지에만 손을 집어넣게 하던 그것이었다. 웬일이야. 연주는 얼굴을 찌푸린 채 중얼거리며 벽을 닦기 시작했다. 땀이 흘렀지만 에어컨 켜는 것도 잊고 세제를 묻혀가며 닦았다. 진전이 없었다. 시간이 빠르게 흘렀다.

연주는 무릎걸음을 하며 산발적으로 튄 자리를 닦다가 이 진한 액체는 단지 알 수 없는 이들의 조심성 없는 행동 때문이 아니라 부러 묻힌 것이라는 생각이 들었다. 이

펜션에 무슨 원한이 있든지, 정신이 온전치 못한 자들이든지, 연주의 생을 어떻게든 혹독하게 몰아붙이려는 신의 계략 중 하나일 것이다. 연주는 쉼 없이 움직이며 그런데 하필 왜 나여야 할까, 생각하자 분노가 뻗쳤다. 벽에 걸린 티비를 거칠게 닦았다.

현이 침대에도 올라가지 않고 바닥에 앉아 등을 꼿꼿이 세우고 티비를 보았었다. 등에 매달린 작은 배낭에서 색연필과 손바닥만한 수첩을 꺼내 보였더니 조금 밝은 표정을 지었다. 연주는 한숨도 돌릴 겸 현이 앉았던 곳에 앉아보았다.

그들의 음성이 들려왔다. 일어나 침구 커버를 갈고 청소기를 돌렸다. 머리카락 한 올이 인터넷에 별 하나를 줄이고 댓글로 나타난다고 했다. 청소기를 침대 아래로 쑥 집어넣었다. 덜그럭, 뭔가 부딪히는 소리가 났다. 악력기였다. 미친. 연주는 입술을 비틀며 뭉쳐놓은 빨랫감 위로 그것을 던지고 청소기를 마저 돌렸다. 빨랫감과 청소 도구들을 세 번에 걸쳐 급히 나르고 그들을 입실시켰다. 현관 방충망을 닫는데 신발 옆 벽에 푸르스름한 얼룩이 눈에 들어왔다. 걸레를 갖다 대다가 멈칫했다. 색과 형태가 흐렸지만 별 모양이었다.

그날 현이 수첩을 넘겨가며 무언가를 그렸는데 처음에는 몰랐다. 제법 럭셔리한 곳에서 단 하루뿐인 여유를 즐기고 싶었지만, 딱히 할 게 없어 펄이 들어간 파란 매니큐어를 발톱과 손톱에 공들여 바르던 중이었다. 사실 꽤 오랫동안 사귀던 남자와 헤어지고 울적한 마음에 현에게 갔었고 즉석에서 결정한 여행이었다. 연주는 매니큐어를 말리면서 힐긋 봤다. 삐뚤빼뚤 별이 수첩에 가득했다. 오른손 중지 마디 아래 반점이 여전했는데 신생아 때보다 커져 2미리 정도 두께의 붉은 줄이 반지 같기도 하고 흉터 같기도 했다.

손가락에 반점은 커졌을까, 없어졌을까, 그대로일까. 연주는 층계참을 내려서며 생각했다. 문자 알람이 울렸다. 실장이 객실별로 예약자 이름과 인원을 보내왔다. 정신을 가다듬고 실장에게 방금 청소한 객실 상태를 소상히 찍어 보냈다. 고생했다며 안 그래도 어려 보이는 남자애들이 셋이라 좀 그렇다 싶었는데, 라고 답장이 왔다. 얼룩 때문에 인터넷에 댓글이 달리기라도 하면 옴팍 뒤집어쓸 수도 있어 보낸 문자였는데, 남자애 셋이라니? 연주는 실장에게 전화해 남자애들이 몇 살인지 물었다. 열여덟이나 아홉쯤으로 보였다고 했다. 연주는 진열대에서 악력기를 집는 아들이 떠올라 더욱 복잡한 심정으로 청소를 마저 하기 위해 움직였다.

어쩌라고! 이층에서 외마디가 들려왔다. 이어 그들의 격한 음성이 날아왔고 잠잠하더니 언쟁하기를 반복했다. 결국 해거름에 인접한 객실 두 곳에서 조용히 해달라는 요청이 들어왔다. 잠시 후, 그들은 실내복인지 잠옷인지 애매한 커플룩 차림으로 시시덕거리며 외출했다. 연주는 그들을 보며 현을 가질 즈음이 떠올랐다. 불안한 미래는 그 당시 끝인 줄만 알았는데 어느 사이 인생에 현이 등장했던, 기억하고 싶지 않은 시절이었다.

이틀 동안 비가 내리자 객실 예약자가 뜸했다. 이동 수단이라고는 하루 세 번 지나가는 버스가 전부라 연주는 빈 객실에서 눅눅한 빨래를 뒤적이며 악력기를 만지작거렸다.

그날, 시외버스터미널 매점에서 썬칩을 고른 현이 이것도, 하며 악력기를 집었다. 원장 할아버지 손에 들려 있던 것이라며 힘이 세어지려면 이게 있어야 한다고 했었다.

다섯 살 현이 다음 날, 눈물 한 방울 보이지 않고 연주의 손을 놓고 복지원으로 들어갔다. 그 뒤 종종 생각났지만 잊으려 했다. 만날 자신이 없었다. 여전한 현실 때문이라면 핑계일까. 연주는 생각지 않던 질문을 했다.

아이 울음소리가 들렸다. 식탁 의자에 앉아 현관 방충망 너머를 바라보았다. 바로 옆 객실에서 일박한 가족이 움직이는 모양이었다. 어느새 비가 그쳐 있었다. 여섯 살쯤으로 보이는 남자아이가 서럽게 울며 젊은 여자의 손에 이끌려 마당으로 나왔다. 남자가 따라 나오며 아이 이름을 불렀다. 아이를 안아 올리고 등을 토닥였다. 아이는 그렇게 울다가 곁에 선 여자에게 팔을 뻗었다. 남자가 아이를 내려주었다. 여자는 쪼그려 앉아 우는 아이를 껴안고 가슴을 내주었다. 아이는 여자의 목을 그러안고 더욱 서럽게 울었다. 얼굴이 건너편 숲을 향해 있었다. 여자가 들썩이는 아이의 어깨를 쓰다듬고 등을 토닥였다. 연주는 목이 메어왔다.

무표정한 얼굴로 연주의 손을 놓고 복지원을 향해 돌아서던 다섯 살배기 아들, 등도 한번 토닥이지 못하고 돌아섰던 자신.

눈가가 젖는 듯했는데 눈물이 후드득 떨어졌다. 복지원에 전화한 몇 년 전 밤, 아들이 무척 보고 싶은 날이었다. 원장은 아들이 복지원에 없다고 했다. 가출이었다. 연주는 악력기를 잡은 손에 지그시 힘을 주었다. 악력기는 객실에서 처음 봤을 때와 달리 느닷없는 질문을 자꾸 만들었다. 현이 여기 온 것일까. 왔다면 어디로 간 걸까. 훌쩍 커버린 아들을 그려봤으나 생각은 헤아릴 수 없는 나락으로 빠져들었다.

어느덧 울음을 그친 아이는 여자의 품에서 스스로 떨어졌고 세 사람은 곧 차에 올라 사라졌다.

열아홉 살 남편이 컴퓨터 게임을 하다가 에이, 시끄러 하고 신생아인 현의 울음을 피해 나간 뒤 소식이 없자 연주는 이 년을 버티다가 시설에 아기를 맡겼다.

손이 아프도록 악력기를 거머쥐었다. 언제부턴가 문득문득 삶이 이래서는 안 된다고 생각했었다. 첫 단추부터 잘못된 실체가 무엇인지 몰라 무어라 말할 수 없지만 가슴 복판이 묵직하다 싶으면 술에 취했다. 밤거리를 친구와 쏘다녔다. PC방에서 놀았다. 그리고 돈을 아주 많이 벌어 현에게 짠, 하고 나타나는 상상을 했고 잊자 했다.

꼬리를 무는 공상의 끝은 빤한 현실이었다.

연주는 감당할 수 없는 현실, 생의 신산스러움에 대해 깊이 생각하지 못했다. 그래도 간직해야 하는 것, 그리 돼야 하는 것을 세월이 알려주었는지 이곳에 왔다. 생전 처음 해보는 상상. 어쩌면 실장을 통해 악력기의 주인을 알 수 있을지도 몰랐다.

서럽게 울던 아이의 얼굴이 향한 쪽에 숲이 몸을 부풀리고 있었다. 성성한 초록이 제각각 모양을 잡아가는 중이었다. 현에게 엄마로서 인연은 아니었다. 그럼에도 싱그러운 빛깔로 제 모습을 찾아가길 빌어본다. 걷잡을 수 없이 북받쳐오는 울음에 가슴이 타는 듯했다. 언젠가 맞장구치듯 반짝이는 저 잎사귀들처럼 현을 만나야 하리라. 연주는 간절한 마음으로 악력기 쥔 손에 힘을 주었다.

"혹시, 악력기 보셨나요?"

연주는 놀라 고개를 돌렸다. 방충망 너머에서 한 청년이 다가오며 소리쳤다. 뒤이어 또래 둘이 따라오고 있었다. 연주가 앞치마로 급히 눈물을 훔치고 밖으로 나오자 청년이 아니라 고등학생쯤으로 보이는 남자아이가 서 있었다. 그리고 어떻게 알았는지 밝은 표정으로 아, 이겁니다, 하며 손을 내밀었다. 연주는 얼떨결에 악력기를 넘기며 손을 보았고, 얼굴을 봤고 불쑥 말이 튀어나왔다.

"현이? 너 여기 나랑 왔었지? 현이 맞지?"

아이는 멈칫했고 눈이 마주쳤으나 연주의 부스스한 머리, 얼룩져 우중충한 앞치마, 그 아래 욕실 슬리퍼를 재빨리 훑었다. 그리고 몸을 돌리며 입을 열었다. 아니요, 저는 여기 처음이에요, 했다. 아이들은 왔던 길로 금방 멀어져 갔다.

"너, 엄마 찾는다고 왔잖아."

"시끄러, 엄마는 무슨."

들려오는 대화에 연주는 무연히 바라보았다. 청소년 티를 벗은 아이의 등을, 그 위로 어리는 잎사귀들의 푸른 그늘을.

사과하기 좋은 날

이채운

나경은 새내기 음악학원 원장이다. 서울에서 박봉을 받으며 피아노 강사로 지내다가 시골로 내려와 건물 뒤편 이층에 학원을 차렸다. 나경은 이층계단을 오를 때마다 뿌듯한 마음이 들었다. 노출된 계단이라 변화무쌍한 구름을 마주하며 오르니 하늘을 날 듯 희망찼다. 나경의 걸음은 가뿐하고 경쾌했다. 가끔 문하생들과 마주칠 때는 가위바위보 놀이를 하거나 도, 레, 미…… 낮은음부터 고음까지 노래하며 계단을 올랐다.

계단 놀이를 중단한 이유는 사사건건 지켜보는 앞집 아줌마의 시선 때문이었다. 그날은 레슨을 마친 후에 친구들과 카페에서 만나기로 한 날이었다. 나경이더러 나이 답잖게 칙칙하고 편한 옷만 입는다고 말한 친구의 지적이 생각나 오래간만에 산뜻한 미니스커트 차림이었다. 이

십 대의 나이답게 발랄한 옷차림으로 계단을 오르니 구두에 스프링을 단 듯 발걸음이 통통거렸다. 계단 중간쯤을 오를 때였다. 뒤쪽에서 구시렁대는 소리가 들렸다. 발걸음을 멈추고 뒤돌아보았다. 아줌마가 계단 맞은편 장독대 옆에 서서 눈살을 찌푸리고 있었다. 나경과 눈이 마주친 아줌마는 재빨리 시선을 다른 곳으로 옮겼다. 가끔 장독대에서 일하는 아줌마를 의식하지 않을 수 없었다. 어느 날부터 계단을 오르는 신발에 무거운 추를 단 듯 발걸음이 묵직해졌다.

아줌마는 계단 옆 차고 건너편에 개집을 두고 덩치가 큰 말라뮤트를 키웠다. 말라뮤트는 가끔 느슨한 개 목걸이를 늘어트리고 길 중앙에서 잠을 잤다. 차고에서 차를 뺄 때마다 조바심이 났다. 클랙슨을 눌러 곤한 잠을 깨울 수밖에 없었다. 그때마다 말라뮤트는 거대한 몸집을 일으켜 슬그머니 자리를 비켜났다.

어느 날, 나경은 차를 빼다가 개밥그릇을 망가트렸다. 개밥그릇이 발이 있어 걸어 나오겠느냐고, 아줌마에게 한소리 들었다. 나경은 개밥그릇으로 쓰기엔 멀쩡한 그릇을 두 개나 건네주었다.

아줌마가 계단을 올라오면 나경은 마음이 움찔거렸다.

"선생!"하고 아줌마가 문 입구에서 불렀다.

'또 무슨 일이 아줌마의 심사를 건드렸을까?'

나경은 두세 번 부를 때까지 들은 척 만 척하다가 마음을 단단히 먹었다. 인상을 찌푸린 채 버티고 서 있는 아줌마를 대면했다. 학원을 방문한 학부모가 후진하다가 개집 옆에 두었던 소쿠리를 찌그러트렸다고 알렸다. 나경은 두말없이 새 소쿠리를 장만해 주었다. 차폭에 신경을 기울여 후진하지 않으면 사고는 계속해서 일어날 수밖에 없었다. 한날 나경이 조금 찌그러진 사료통인 대야를 완전 묵사발로 망가트렸다. 미처 한쪽으로 치우지 못하고 급히 차를 뺀 자신을 탓하기에 이미 때가 늦었다. 이번에는 똑같이 찌그러진 대야를 어렵게 구해서 주었다. 맞장뜨려고 마음먹었기 때문이다.

이층계단을 오르는 어린 수강생들은 개 짖는 소리에 놀라 울음을 터트리며 나경을 불렀다. 말라뮤트가 싼 대량의 배설물 냄새에 코를 쥐고 이층계단을 오르는 경우도 허다했다. 학원 운영상 난제에 부딪힌 셈이다.

그러던 어느 날 밤에 말라뮤트가 사라졌다. 통행에 불

편을 겪는 안쪽에 사는 사람이 한밤중에 풀어주었거나 오가는 자동차 소리에 예민해져서 고리를 풀고 도망쳤다고 주위 사람들은 추측했다.

며칠간 후진을 쉽게 할 수 있어 안심하기에는 일렀다. 갈수록 아줌마의 짓거리는 점입가경이었다. 말라뮤트가 있던 자리에 못 박힌 막대기를 무더기로 쌓아 두었다. 가끔 차고에 주차하는 아래층 옷가게 여주인이 후진하면서 차바퀴가 막대기 위를 밟아 펑크가 난 모양이었다. 옷집 여주인과 아줌마가 언성을 높이며 시비를 따졌다. 나경이도 지방 도로로 운행하는 중에 차가 탈탈거리는 소리를 듣고 내렸다. 차바퀴를 살펴본 후 아연실색했다. 출고한 지 몇 달 안 된 승용차의 차바퀴가 바람이 빠져 납작 내려앉아 있었다. 후진하다가 못 박힌 막대기 위를 눌렀는데 그때 이상이 생긴 것이었다. 갓길에 차를 세워 보험사에 서비스를 신청해 타이어를 교환해서 망정이지 고속도로였다면, 생각만 해도 아찔했다.

생명과 연관되는 일이라 그냥 지나쳐서는 안 되겠다 싶어 따지려고 단단히 마음먹었다. 나경이 사교육계에 종사하면서 언성을 높여 맞대응하기도 조심스러웠다. 아줌마를 잘 아는 건물주에게 의논할 수밖에 없었다. 건물주는 아줌마가 혼자 살림하랴, 옷가게 하랴, 일에 지쳐서 사소한 일에도 민감하게 군다고 인정했다. 아줌마가 교사가 되고 싶었는데, 일찍 결혼해서 아들만 네 명을 키우다 보니 선생님이 부러워서 그런다고 이해해주라고 권유했다. 나경은 운전 미숙으로 아줌마의 땅을 침범한 책임이 자신에게 일부분 있다며 화를 삭였다.

그러나 나경도 참을 수만은 없었다. 햇볕 좋은 날, 아줌마가 학원 계단 모서리에 솜이불을 널어놓았다.

"아이들 손을 탈 건데요."

수강생들이 오가는데 외관상 보기 싫어 한마디 했다.

"조금 있다가 걷을게."

아줌마가 신경질을 내며 맞받았다.

해 질 무렵 아줌마가 계단을 올라와 수업 중인데도 막무가내로 큰소리쳤다.

자기는 아이들이 계단에서 장난치거나 피아노 소리가 시끄러운데도 참았고, 차가 지나가는 곳에 자기네 땅도 있으니 운행을 못 하게 할 수도 있다고 엄포를 놓았다. 나경은 속사포처럼 말을 쏟아내는 아줌마와 대면하기 싫어 문을 닫아버렸다.

그날로부터 며칠간 아줌마는 입구에 자리를 깔고 곡식을 다듬으며 운행을 방해했다. 나경은 스트레스가 쌓여 학원을 그만두고 싶다는 생각까지 했지만 계약 기간이 남아있어 그럴 수도 없었다. 넓은 장소에 방음시설을 갖춘 최적화된 인테리어를 한 후라 그에 따른 경비도 만만찮게 들었다. 무엇보다 아이들을 가르치는 재미와 보람을 느꼈다.

아줌마를 초연하고 지낼 수 있을까? 해결책을 궁리하다가 골치가 아파 인터넷 포털 사이트를 접속했다.

“오늘은 10월 24일 사과 데이다. 사과 데이란 사과가 풍성한 계절인 10월에 서먹한 둘(2)이 서로 사(4)과하고 화해하는 날로, 나로 인해 마음 아팠을 친구나 교사, 가족에게 사과(sorry)의 편지를 써서 사과(Apple)와 함께 전하는 것이다.”

어느 신문사 칼럼을 읽었다.

‘오늘이 사과 데이라고?’

아이들에게 사과 이벤트를 하면 기분전환이 될 거 같아 동네 과일 가게에 갔다. 탐스럽고 예쁜 사과들만 골랐다.

아이들이 올 시간이 되어 급한 걸음으로 돌아와 이층계단을 중간쯤 오르다가 갑자기 걸음을 멈췄다. 뒤돌아서 계단을 내려가 장독대에 앉아 김치를 버무리고 있는 아줌마 앞으로 다가섰다. 검은 봉지에서 탐스러운 사과 세 개를 꺼냈다.

"사과가 먹음직스럽고 때깔도 좋지요?"

아줌마가 눈이 휘둥그레졌다.

"오늘이 사과 데이라네요."

"뭐라, 그런 날도 있나?"

아줌마가 사과와 나경을 번갈아 보다가 사과를 덥석 받았다.

나경은 갑자기 창피한 마음이 들어 사과를 건네고 후다닥 이층계단을 올랐다. 사무실 소파에 앉아 큰일이라도 한 듯 숨을 몰아쉬었다.

'아니, 굳이 먼저 사과할 필요가 있담?'

아줌마가 한 짓을 생각하면 엉클린 감정을 먼저 풀 필요는 없었다. 즉흥적으로 한 행동이 후회스러웠다. 애플데이에 소담스러운 사과를 샀고, 순간적인 반동형성 같은 돌발적인 행동이었다고 자신을 다독거렸다. 하지만 양손 가득 사과를 받아 들고 사과처럼 얼굴을 붉힌 아줌마를 떠올리며 피식 웃음이 나왔다.

나경은 그녀와 틈이 난 이유가 뭔지 곰곰이 더듬어 보았다. 아래층 옷가게를 드나들며 옷을 사는 장면을 목격한 후부터였는지 몰랐다. 들어오는 길목을 사이에 두고 아줌마도 옷가게를 하고 있었다. 장사 시샘이었을까? 나경은 고개를 갸웃거렸다. 자기 처지만 생각했을 뿐 아줌마의 입장이 되어보지 못했다는 생각까지 들었다.

아줌마에게 공식적으로 사과하는 날에 사과를 주었지만, 성격이 강한 그녀가 끄떡도 하지 않겠지, 라고 인식했다. 아니었다. 그다음 날 막대기가 깨끗하게 치워져 있었다. 이젠 후진할 때 주의를 기울지 않아도 되었다.

'진작 이렇게 풀면 세상이 편할걸.'

나경은 사과를 한입 베어 먹었다. 과즙이 풍부한 달콤새큼한 조화로운 맛이다. 사람과의 관계도 잘 어울려야 유연하게 살 수 있다.

퇴근할 무렵, 그녀가 이층으로 올라왔다.

"선생님 계세요?"

호칭이 바뀌었다.

이젠 나경은 더는 부담을 갖지 않고 한 번 부를 때 나갔다. 아줌마가 보기에도 맛깔스럽게 보이는 김치를 한 대접 들고 보조개를 지으며 웃고 있었다.

"집에 가서 드시라고……."

그녀가 다정하게 말했다.

"어머, 맛있겠어요. 언니! 고마워요."

나경도 사근사근 씹히는 사과처럼 기분 좋은 말투가 절로 나왔다.

사과하기 전에 복잡한 심경은 망설임을 동반한다. 그러나 사과를 서로 주고받으면 관계가 회복되고 생활이 명쾌해진다.

애플 데이, 껄끄러운 상대에게 무심한 듯, 아니 진심이 담긴 사과를 건네보라!

'사과는 가장 달콤한 복수'라고 누군가가 말하지 않았던가?

선거 뒤에 오는 것

임종욱

그녀를 마지막으로 만난 건 7년 전이었다. 나는 쭉 서울과 그 인근서 생활했는데, 기어이 도시 생활이 머리끝부터 발끝까지 지겨워질 때가 왔다. 마침 목돈이 생기자마자 나는 바로 짐을 싸 끔찍한 도시를 떠났다. 바다가 인접한 한적한 군(郡)이었다. 읍에서 적당히 떨어진 면소재지에 살 만한 집을 하나 마련했다.

농촌 사람들은 대개 새로운 얼굴이 불쑥 자신의 삶에 틈입하는 것을 반기지 않는 편이다. 다행히 나는 제법 학력도 괜찮고 나름대로 전문직에 종사했던 터라 촌 동네에서도 그런대로 관심의 대상이 되었다. 이렇게 저렇게 사람들을 만나다가 작은 모임에 들어가게 되었다.

시골 동네 사람이라 해서 지식에 대한 갈증이 덜한 것은 아니었다. 농사와 어업으로 평생을 산 사람들이 대부분이었지만, 그중에는 은퇴하고 귀촌한 도시인도 있었고, 나름대로 지식인임을 자부하는 사람 역시 눈에 띄었다. 자신들만의 불만을 토로하고 지적 허영을 채울 여백이 필요했다.

거기서 그녀를 만났다.

그녀는 나보다 네 살 아래였고, 날씬한 몸매에 순박하면서도 어딘가 뇌쇄적인 백치미를 담고 있었다. 단발머리여서 딱 내 취향이었고, 나이에 비해 꽤나 귀여운 편이었다. 그녀는 그곳에서는 꽤 괜찮은 평판과 활발한 활동을 해 그 바닥에서는 알 만한 사람은 다 아는 셀럽이었다.

그녀는 도자기를 이용한 관광 기념품을 만들어 판매도 하고 납품도 하는 일을 했다. 모임 때마다 그녀는 자신이 만들었다면서 앙증맞은 도자기 상품을 가져와 자랑 겸 나눠주었다. 화려한 네일 아트를 한 손톱과 손가락 사이를 구르는 둥글고 긴 도자기들은 내게 묘한 상상을 불러일으켰다. 도자기에 먼지가 묻었다면서 침을 발라 닦아낼 때는 주변 사람들마저 넋 나간 표정으로 바뀌었다.

한 1년 모임에 나가다 보니 회원들의 신상에 대해 어느 정도 꿰게 되었는데, 그녀는 몇 해 전 이혼한 돌싱이었다.

아이는 남편이 데려갔다고 들었다. 나 역시 혼자 사는 몸이라 자연스럽게 눈이 자주 마주쳤다. 때마침 내가 살던 동네 언저리에 그녀의 공방이 있어 모임 때마다 그녀의 차를 타고 귀가하곤 했다. 20여 분 서로를 옆에 두고 이런저런 얘기를 나누면서 밤길을 달렸다. 차를 버리고 내려온 게 그때는 고마웠다.

그녀와 나에게는 공통 관심사가 하나 있었는데, 바로 별에 대한 애착이었다. 대학 전공은 완전히 달랐지만, 나는 학생 때부터 천문학에 관심이 많았다. 결심대로 공고에 들어갔다면 지금쯤 나는 나사에서 인공위성을 설계하고 있을지도 모른다.

공기 맑은 시골은 별을 관찰하기에 더할 나위 없는 적지였다. 우리는 가끔 차를 언덕에 세우고 밤하늘의 별자리를 보면서 별들의 밝기, 거리 따위에 대해 말했다. 별자리나 항성, 위성 등속의 위치를 알려주는 앱을 깐 나는 스마트폰을 하늘에 비추면서 별에 대해 아는 지식을 늘어놓으며 허세를 떨었다. 함께 스마트폰을 보자니 몸이 밀착되었고, 그럴 때 언뜻언뜻 스치는 그녀의 어깨살의 감촉은 내 물건을 빼근하게 만들었다. 살이 닿자 그녀가 더 몸을 밀착시켰다.

"우리 나중에 크고 긴 망원경을 사서 육안으로 관찰해요. 목성이 그렇게 탐스럽다면서요?"

그녀가 주홍빛 가스 구름에 쌓인 목성을 말하면서 무얼 떠올리고 있는지 얼추 짐작이 갔다.

이쯤 되면 다음 코스는 뻔하다. 결국 한 침대에 오르게 되었는데, 너저분한 내 집보다는 주로 그녀의 집을 이용했다. 그녀는 침대 위에서도 굉장히 뜨거웠다. 몸매에 자신이 있던 그녀는 잠자리를 가지면서 불도 끄지 않았다. 나는 매트에 누워 그녀의 출렁이는 젖가슴과 골반의 요동에 감탄했다.

가끔 그녀의 가게가 쉬는 날이면 군을 떠나 여행을 갔다. 명승지를 구경하고 맛집을 찾아다니며 한낮의 즐거움을 누렸어도 종착지는 색정을 자극하는 벽지와 불빛이 있는 모텔이었다. 나는 이 여자와 제2의 인생을 시작할 수도 있다는 기대감에 몸을 떨었다.

잘나가던 둘의 관계에 금이 가게 된 것은 그 놈의 선거 때문이었다. 그 무렵 다른 일로 알게 된 사람이 있었는데, 한번 보자 연락하더니 그해 있었던 지방 선거에 출마한 사람의 선거운동을 함께 돕자고 제안했다. 재미있는 경험이 되리라 여겨 별 생각 없이 동의했다. 출마자도 몇 번 대면한 사람이었고, 선거의 속살이 궁금하기도 했다. 워낙 독고다이였던 출마자는 공천 없이 무소속으로 나왔다.

두어 달 같이 지역 곳곳을 다니면서도 밤만 되면 그녀를 만나 또 다른 속살을 불태웠다. 그런데 그녀는 출마자에 대해 상당한 적의를 가지고 있었다. 들어보니 출마한 사람의 어머니가 예전에 그녀를 해코지한 모양이었다. 그녀는 선거란 항상 최선은 당연히 아니고 차악도 아닌 최악의 인물을 뽑는다며 냉소적으로 뇌까렸다. 그날 밤 그녀의 섹스는 희한하게도 더 격렬했다. 잡아먹을 듯이 내게 살을 비벼댔고, 본의였는지 모르겠지만 뺨까지 몇 대 맞았다.

그쯤 되면 그녀의 불만을 귀담아들어야 했는데, 무턱대고 그만 두기도 어색해 나는 무시하고 계속 선거운동에 나섰다.

당연히 출마한 사람은 시원찮은 득표율로 멀찌감치 낙선했다. 이어 기다렸다는 듯 그녀는 내게 결별을 선물했다. 여자의 충고를 한 귀로 흘린 대가를 톡톡히 치른 셈이었다. 밤마다 나의 말초신경을 뜨겁게 달구었던 그녀의 요염하고 현란한 섹스를 생각하면 그녀를 잃은 충격이 너무 컸다. 모임에서도 나와야 했고, 거처도 사정이 생겨 다른 곳으로 옮겼다. 이후 나는 선거라면 치를 떨게 되었다.

어쩔 수 없이 한 지역에 사는 처지라 나는 가끔 그녀의 소식을 들었고, 어쩌다가 마주칠 때도 있었다. 사람은 버려도 섹스는 거를 수 없었는지 그녀의 남성 편력은 휴식이 없었다. 몇 명의 남자가 그녀를 거쳐 갔는데, 진지하기보다는 그저 여름날 잠깐 내리는 소나기였다. 해가 뜨니 축축했던 자리는 금방 메말라버렸다. 마주쳐도 그저 눈웃음과 목 인사를 나누는 게 고작이었다.

그녀의 몸매는 여전히 눈부시게 아름다웠다. 지난날 알몸을 흠뻑 적셨던 섹스의 추억이 내 몸을 옥죄었지만, 한 번 떠내려간 꽃잎을 다시 가지에 붙일 길은 없었다.

세월이 흐르고 이런저런 세사에 얽히다 보니 번뇌도 별빛이 되어 그녀에 대한 미련이나 잡념도 차츰 사라졌다. 그러던 최근 실로 7년 만에 그녀의 연락을 받았다.

직접 통화하진 못했다. 집에 가 부재중 전화를 확인하니 그녀의 이름이 떡 걸려 있었다. 이 여자가 왜 전화를 했을까? 온갖 망상과 기대들이 뇌세포를 짓눌렀다. 선택의 기로에 놓이면 나쁜 쪽을 우선하라는 내 나름의 개똥철학에 맞춰 나는 결국 연락하지 않았다. 새삼 미련이 농도가 짙어져 재회의 전화를 했을 리는 만무였다. 그러기에는 7년의 시간이 짧지 않았다.

그러다 얼마 뒤 놀랍게도 그녀가 올해 있는 선거에 출마했다는 기막힌 소식을 듣게 되었다. 선거에 대해 비난 일색이던 그녀가 몸소 선거에 뛰어든 것이었다. 더구나 출마한 선거구도 내가 사는 지역이었다. 왜 내게 전화했는지 까닭도 알게 되어, 나는 전화 대신 좋은 결과를 기대한다는, 진심과 '설마?'가 반반씩 섞인 문자를 보냈다. 그녀는 열심히 해 보겠다며 '^^' 표시가 깃든 답신을 내게 날렸다. '♡'였으면 더 좋았겠지만…….

그녀는 7년 전의 나보다 더 열심히 선거운동에 몰입했다. 집에 누워 있노라면 가끔 지나가는 선거 차량에서 그녀의 달뜬 목소리가 울려 퍼졌다. 지지를 호소하는 그녀의 목소리에서 나는 옷을 벗겨달라던 예전 그녀의 자극적인 콧소리를 떠올렸다.

가끔 술자리에 나가면 그녀의 출마 얘기가 안줏거리로 올랐다. 사람이 다부지니 군의원이 되면 잘할 거라는 덕담도 있었지만, 대개는 몸뚱이로 의정활동 하냐는 비아냥거림이 판을 쳤다. 이어지는 화제는 개랑 자봤는데, 요분질이 장난이 아니었다는 둥 누구와 벌건 대낮에 모텔로 들어가는 걸 봤다는 둥 거의 성폭력에 가까운 체험담과 목격담으로 채워졌다. 고기국물로 젖은 입술을 훔치는 사내들은 상상과 회한으로 침을 흘렸다. 반론이나 공감으로 한몫 거들 수도 없던 나는 기분이 썩 좋지 않았다.

한동안 나는 술자리를 피했다.

멀리서 울리는 선거 로고송을 들으면서 그녀의 변신에 대해 생각했다. 남자에 대한 목마름이 선거라는 매개로 분출되었던 것일까? 평범하게 살기에는 그녀의 우월감과 성공 욕구는 너무 강했다.

"아이 성적 걱정하고, 반찬거리 고민하는 여자가 되고 싶어요."

언젠가 꿈이 뭐냐는 내 질문에 그녀는 이런 대답을 내

놓았다. 우주라도 삼킬 만한 거창한 플랜을 예상했던 나는 내심 뜨악해졌다. 태양계를 벗어나는 최초의 사람이 되고 싶다는 계획보다 더 무망한 희망이었다. 결국 사람이란 이룰 수 없는 목표를 향해 맹목적으로 달려드는 어리석은 동물이었다. 그녀의 탈출을 막았던 그물이 이번 선거를 통해 뜯겨지기를 바랐다.

하지만 슬픈 예감은 어김없이 그릇되어 그녀 역시 시원하게 낙선했다. 그녀의 몸매와 아양도 표심을 잡기에는 한계가 있었다. 그녀의 확신을 담은 목소리가 사라지자 씁쓸한 상실감이 찾아왔다.

며칠 뒤 나는 그녀에게 전화를 했다. 위로 이상의 감정은 없었고, 과연 받을까 싶었다. 바로 그녀의 목소리가 되받았다.

"애썼는데 안됐군요."

그녀는 내 심심한 위로에 싱숭생숭해했다.

"선거란 게 항상 최악을 뽑잖아요. 옛날 선생님 기분을 좀 알겠더군요."

"다행이군요. 언제 밥이나 한번 먹읍시다."

"뭘 언제예요. 오늘 저녁 때 만나요. 우리 집에서. 어딘지 아시죠?"

그녀의 교태 가득한 음성이 내 귀를 핥자 손에 힘이 들어가서 하마터면 핸드폰을 으깨버릴 뻔했다.

소심한 복수

전미숙

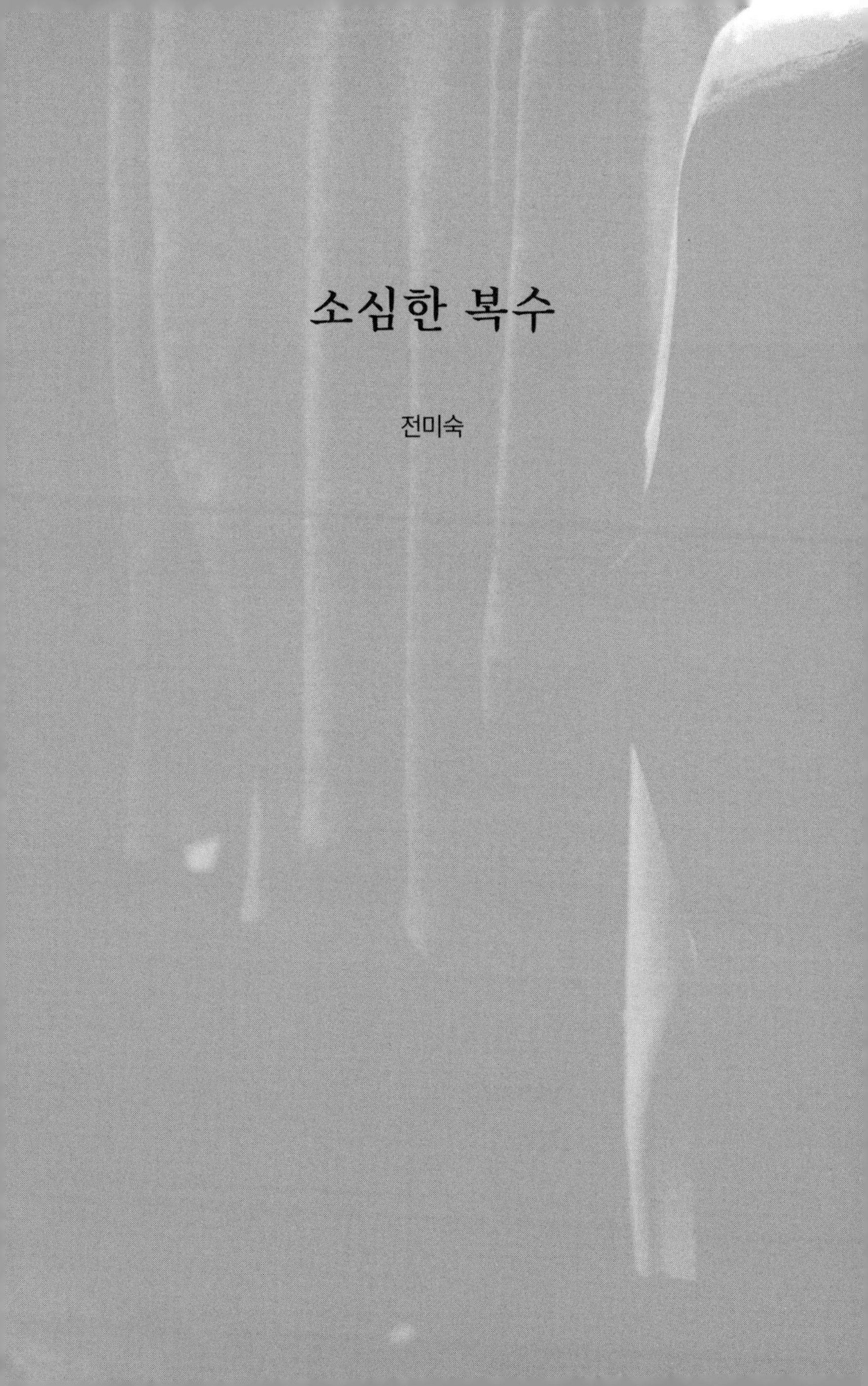

숨 쉬는 것조차 귀찮을 때가 있다. 서른 해를 같이 살고도 남편이 자기 생각대로만 행동을 밀어붙일 때다. 옆도 뒤도 돌아보지 않는 불같은 성격은 나를 무기력함에 빠져들게 한다. 애초에 합리적 사고를 할 수 없는 사람이다. 적응은커녕 신기하게 생각될 정도다. 진즉에 포기를 하고 살았다. 너는 아닌데 나는 나대로 산 지가 이십 년은 된 거 같다.

남편에게 향했던 마음이 아들이 태어나면서 오로지 아들에게만 향했다. 그래서 더 엇나가는 사람으로 내몬 걸 수도 있다. 억지스러운 트집도 이해가 된다. 그래도 싫다. 오만 정이 떨어지게 하는 남편의 독불장군에 다혈질적인 성정을 바꿀 수도 없음을 잘 알기에 헛된 꿈을 접었다. 아버지처럼 어진 남자 만나서 마음고생이 어떻게 생겼는지 구경도 못 하고 살 줄 알았다. 남편에게 갈 마음을 닫아 버렸다.

나름대로 사업을 잘 꾸렸고 직원에게도 인색하게는 안 했는데. 어릴 적 겪은 알 수 없는 결핍의 덩어리가 남편의 내면에 쌓여 있는 걸까? 홀어머니와 지난한 시절을 지나왔을 거라 짐작은 했었다. 그렇다고 집에만 오면 다 저렇게 한 치의 여유도 없는 것처럼 되지는 않을 것이다.

작은아들이 이번 주 목요일 저녁에 내려온다고 하니 좋아하는 반찬을 미리 해서 냉장고에 쟁여둬야 안심이 된다. 내가 해주는 토란 들깨탕과 두부조림을 유난히 좋아한다. 반찬을 하면서 벌써부터 설레기 시작한다.

안 그래야지 하면서도 온갖 얘기를 다 하게 된다. 전적으로 내 편이 되어주는 아들이다. 남편만 빼면 아주 행복한 상태다. 엄청 좋으면서도 아빠와 부딪칠까 내심 불안하기도 하다.

역시나 일은 터졌다. 아들이 연차를 사용해 목요일 내려왔으리라 생각도 못 한 남편이 현관에 들어서며 꽥 고함을 내지른다.

"신발이 이게 뭐라. 이것도 일이라고 정신 사납게."

아들이 왔다는 인사조차 할 수 없는 상황이 되어버렸다.

"아빠! 그게 그렇게 소리 지를 일이냐고."

허리에 손을 얹고 씩씩대며 아빠를 쳐다본다.

순간 당황한 남편이 어어 하더니 덧붙인다.

"너는 무슨 말을 못 하게 하더라."

'아니 그게 뭐 큰일이라고. 안중근 의사는 목숨 바쳐 나라도 구했는데….'

이런 일이 있을 때마다 속으로 하는 말이다. 그렇게라도 해야 숨통이 트인다. 가장 존경하는 인물을 얼토당토않게 빗대고는 한다.

차마 하고 싶은 말을 면전에 대고 할 수는 없는 노릇이다. 남자로 태어나서 그렇게 찌질하게 구냐고. 그렇게 하찮은 일에 신경을 쓰면서 무슨 큰일을 하겠냐고 혀를 차며 '참 구제 불능이다. 어디 죽을 때까지 그렇게 한번 살아봐라' 소심하게 막말을 해댄다.

"맨날 신발 정리가 안 되어 있는 것도 아니고 어쩌다 그럴 수도 있지. 그렇게 고함을 지르면 집안 분위기도 안 좋고 엄마한테 소리 지르는 거 진짜 싫다."

"그래도 네 엄마가 잘못했지. 아빠가 퇴근할 때가 되면 정돈을 딱 해놔야지."

아들이 한숨을 푹 쉬더니

"엄마! 안 되겠다. 가방 간단하게 챙겨서 우리 집에 가자. 아빠는 답이 없다, 답이 없어."

일부러 제 아빠 들으라고 큰 소리를 낸다.

"영인아! 고만. 엄마 진짜 싫어. 그만해."

아들이 방문을 쾅 닫고 들어가 버린다.

정말 이런 순간엔 남편을 내 인생에서 쏙 빼버리고 싶다. 저 인간이 내 슬픔의 근원지다. 팔자 도망은 못 간다는 말도 떠오른다. 딸은 엄마 팔자를 닮는다던데 남편은 친정아버지와 완전히 상반되는 성격이다. 아버지는 시끄러운 걸 질색하셨다. 방문도 살살 여닫고 우리를 부를 때도 낮은 소리로 천천히 부르곤 했었다. 그 느긋함이 참으로 좋았다. 엄마는 그런 아버지를 답답하다고 하소연하곤 했었다. 어떤 때 너무 생떼를 부릴 때는 터무니없는 생각을 하고는 한다.

집집마다 걱정거리 하나씩은 있다는데 아들 둘이 온전하고 남편이 걱정거리를 담당하는 거라고 여기자 순전히 나만의 딴 세상이다. 그래 이렇게 액땜을 하는 거라고 나름 정리했다. 미워도, 미워 죽을 지경인데도 저녁은 차려줘야 한다. 남편이 아무리 심하게 해도 밥상을 거른 적은 없다. 답이 없기는 나 역시 매한가지인 것 같다.

아들 방문을 살며시 열고 들어갔다.

"엄마! 아빠가 저렇게 막무가내로 나오는 건 엄마 잘못도 있다. 엄마가 아니라고 생각되면 강력히 맞서야지. 싸우는 게 싫다고 매번 피하기만 하니까 저렇게 안하무인으로 나오지. 안 그래요?"

정말 속이 상해 죽을상이다.

"엄마도 아는데 물러 터져서 그게 잘 안 된다. 어떤 상황이든 간에 엄마는 평화롭고 싶다."

"나 참. 엄마도 어지간히 말 안 된다, 진짜."

"하루 이틀도 아니고 너무 마음 상하지 마라."

"아무튼 오늘은 너무 그랬어. 내가 이직하고 아직 적응도 다 안 됐는데 보고 싶다는 엄마 한마디에 마음 약해서 힘들게 왔더니. 오늘은 정말 힘들었어. 현재 이미 진행되고 있던 사업이 5년 계획 프로젝트인데 그동안 입사하고 해당 업무 내용에 관련된 교육을 받았거든. 이미 진행되고 있는 사업에 어느 정도 이해했는지 자료 만들고 세미나 때 나보고 발표하라는데 어찌나 떨리고 부담이 되던지 오늘 한 끼도 못 먹었다. 커피를 얼마나 마셔댔는지 잠자기는 글렀구나 싶어서 잠 올 때까지 미친 듯이 게임 하다가 금, 토, 일 아무것도 안 하고 잠만 자려고 계획을 세웠는데 이 사달이 나네."

"엄마가 미안해. 그럼 그렇다고 말을 하지."

"내가 엄마한테는 무조건이잖아. 알면서."

아들이 꼭 안아준다.

"엄마도 마음 상하지 말고."

"알았어. 엄만 너랑 형만 아무 탈 없이 잘 지내면 돼."

"엄마! 근데 비행기 시뮬레이션을 하는데 모니터 화면이 실물 크기와 같거든. 엄마 보여주고 싶더라."

"엄마는 문과고 아들은 이관데 우리 둘은 왜 이렇게 쿵짝이 잘 맞을까?"

"내가 엄마를 무지 좋아하니까. 다 받아 주니까 그렇지."

"그건 그래. 우리 아들 십팔 번이 엄마! 뭐 해줄까잖아. 그것도 졸졸 따라다니면서. 과연 언제까지냐가 문제지.

그래도 결혼하면 엄마가 접어야지, 늘 그 생각은 하고 있어."

"그나저나 엄마! 진짜 나랑 같이 살지 않을래요?"

"너 혼자 있는 거 너무 좋아하잖아. 걱정하지 마. 엄마도 다 계획이 있단다."

아들이 빤히 나를 쳐다본다.

"옛날에 학교 다닐 때 토요일 날 친구랑 놀다가 들어와서는 오늘은 내가 나갔으니 내일은 형아가 나가라. 내도 혼자 있고 싶다고 그랬었는데 기억나?"

"내가 그랬다고?"

"형은 너보다 더 혼자 있는 거 좋아하는데 다들 엄마 닮아서 그자."

"아까 말한 계획이 어떤 건데?"

"음!"

웃음이 절로 배어 나온다. 남편을 향한 내 달콤한 복수가 이뤄지길. 힘든 고비마다 마음 깊숙이 숨겨놓고는 접었다 펼쳤다 하는 것이다.

"그렇게 좋은 현상은 아니지 않나?"

"뭐가."

"혼자 있고 싶은 거."

"뭐 어떡해? 좋은걸."

조금만 더 있다, 조금만 더 세월이 흐른 후 너희 결혼 다 하고 나면 그 좋은 거 꼭 해보련다. 졸혼이란 걸.

그녀의 이름은 미순

조화진

삶은 뜻대로 되지 않았다.

꽃뱀으로 불리지만 그녀도 한때는 아름다웠고 순탄한 삶을 살았던 때가 있었다. 그 아름다움이 꽃뱀 생활을 부추겼을지도 모르겠다. 아름다움은 위험하니까. 그녀는 나약해 보이는 얼굴선과 가는 목을 가지고 있었다. 전체적으로 여성스러움이 풍기고 남자로 하여금 보호본능을 일으키게 하는 여린 몸매의 소유자였다. 여리여리한 몸매도 몸매지만 피부도 희어서 누구라도 미인이라고 말해주었다. 이런 조건은 타고난 것이니 축복이라면 축복인 셈이다.

그녀는 골프장 주차장에 들어서면 늘 긴장한다. 일단 주위를 살피고 사람이 없다 싶으면 적당한 차를 찾기 시작한다. 한적한 시간대에 와야 한다. 주로 평일 오전과 오후를 이용한다. 외제차와 대형 고급차가 수두룩한 주차장이다. 크게 숨을 들이쉬고 검은 제네시스를 향해 차를 박았다. 쿵 소리가 그녀의 심장소리와 함께 세상의 절망처럼 난다. 순간 눈을 감고 행동을 하던 그녀는 여유 있게 내려서 제네시스를 살핀다. 은퇴해야지, 그녀는 매일 아침 중얼거리지만 자신도 모르게 아침이면 출근할 준비를 서두른다. 그런 지 몇 년이던가. 골프연습장은 자고 나면 생겨 있어서 이곳저곳 순례하니 그녀에게는 새로 생긴 골프장이 복 받은 것 같았다.

그녀는 이 생활에 싫증이 났지만 대체할 직업이 없다는 게 그녀의 비극인 셈이다. 어쩌다 먹고살기 위해 들어선 길이었다. 남자들은 쉽게 낚였다. 차를 박아도 상대는 대수롭지 않게 여기고 그녀의 미모부터 살폈다. 그녀가 차를 박았는데도 남자들은 그녀에게 화려한 식사를 대접하고 환심을 사려 했다. 대체로 남자와 그녀는 3분 안에 친구를 맺었다.

그녀의 인생이 꼬이기 시작한 것은 어느 시기부터였을까. 그녀도 한때는 사모님으로 불렸다. 맞선을 보고 사귄지 육 개월 만에 결혼했을 때 그녀의 완벽한 삶은 시작되었다. 주위에서는 그녀더러 가난한 집 딸이 시집을 잘 갔다고, 부럽다고 난리도 아니었다. 남편은 지나치게 자상하고 배려심 많고 인물도 훤한 부잣집 큰아들이었다. 지나친 자상함과 배려가 나중에 큰 문제가 될 줄을 그때는 상상이나 했겠는가. 그런 완벽한 조건보다 더 중요한 조건은 그녀를 아낌없이 사랑한다는 것이었다.

첫아들을 낳았다. 산후조리 기간 집에서 사부작거리던 그녀는 우연히 남편의 수첩에서 사진을 보게 되었다. 딱 봐도 애인과 찍은 사진이었다. 그녀가 물으니 옛 애인이라고 했다. 총각 때 애인 하나 없었다면 매력 없다는 소리 아니냐고, 과거의 일이라고. 그녀는 그런 줄 알았다.

조금 시간이 흘렀다. 아들은 걷기를 한다고 뒤뚱거리며 첫걸음마를 떼던 시기여서 아기에게 푹 빠져 있던 때였다. 한밤중에 자는데 전화가 왔다. 그녀가 전화를 받았다. 전화 속의 여자는 자신이 남편의 애인이라며 남편을 바꿔달라고 했다. 전화 속의 여자는 너무도 당당해서 그녀가 되레 미안할 정도였다. 남편에게 전화기를 넘겨주니 알 수 없는 말을 해대더니 전화를 끊었다. 남편에게 따지니 잘못 걸려온 전화라고 오히려 성을 냈다. 전화 내용을 앞뒤로 추측하고 남편의 행동을 역추적해보니 사진 속의 여자였다. 결혼 전 남편의 애인이었다. 또다시 전화가 왔다. 언제나 한밤중이었고 여자는 술을 먹고 횡설수설했다. 그녀더러 내가 들어가 살 테니 너는 나가라고 했다, 내가 퍼스트라고.

그녀가 추궁했다. 남편이 실토를 했다. 결혼하면서 끝내려고 했지만 잘 되지 않았다고. 이제 끝내자고 하니까 저렇게 나온다고 했다. 그러면서 남편이 빌었다. 그 여자가 막무가내로 덤벼서 못 끊었다고, 이번엔 꼭 헤어지겠다고 했다.

그녀가 물었다.

"처녀라더만. 왜 그 여자하고 결혼 안 하고 나하고 했어?"

남편이 대답했다.

"엄마가 반대해서. 그 여자도 내가 결혼하고 곧 결혼했어. 남편도 있는데 우리가 계속 만났겠어? 이제 끝이야."

"그 여자 입으로 처녀라고 했다니까, 나한테."

"아니라고, 거짓말한다고. 진짜로 헤어질 거야."

남편이 우겼다. 도대체 뭔 상황이야. 더 묻고 싶었지만 묻지 않았다. 그녀는 믿었다. 아니 믿고 싶어 믿었다. 그녀는 혼자 앓다가 따지다가 했지만 남편은 이제 완전히 끊겠다고 했다. 울면서 매달리는 남편을 용서해줬다.

둘째 아들이 태어났다. 그 사건은 잊었다. 설마 지금은 헤어졌겠지, 마인드컨트롤을 걸어 마음의 평화를 억지로 얻었고 실지로 남편은 일찍 귀가하고 헤어진 듯 보였다. 그녀는 그런대로 행복했다. 육아에 지친 그녀는 전에 헤어졌다던 옛 애인과 남편의 통화를 엿듣게 되었다. 그녀는 이번엔 안 살 각오로 덤볐지만 남편은 빌며 애원하며 끊겠다고 했다. 남편의 강점인 지나친 자상함과 배려가 매달리는 옛 애인을 끊지 못한 것이다. 그러고도 남편은 늘 의심 가는 행동을 많이 했다. 정말이지 두 번은 아니었다. 마음을 많이 다친 그녀였지만 아이들이 있기에 용서하고 넘어갈 수 있었다. 남편은 성적 취향도 독특해서 그녀는 사실 누구에게도 말하지 못하고 혼자 삭이며 살았다. 한번은 성병까지 걸려서 오랫동안 병원에서 치료를 받다가 그녀에게 옮기기까지 했다. 그녀는 외로울 때마다 술을 마셨다. 술이 늘었다.

아이들이 커서 일손이 줄어든 그녀는 친구들과 어울렸

다. 술 모임이 잦아졌다. 공허한 그녀는 한 남자와 친하게 되었다. 모든 것은 술 때문이라고 그녀는 술을 마시면서 생각했다. 술 모임에서 친해진 남자가 그녀에게 치근댔다. 그녀는 받아줄까 말까 이러면 안 되는데, 하다가 한순간 넘어가고 말았다. 언제나 술이 문제였다. 그 남자가 술이 약한 그녀에게 술을 먹이고 강제로 그녀를 데리고 모텔에 갔으니 말이다. 그러기 전에 그녀는 남편에게 워낙 상처가 많고 깊어 혼자 속으로 다짐한 게 있었다. 언젠가는 꼭 바람을 한번 피울 것이라고. 남편 몰래. 이 상황이 그 다짐 때문만은 아니었다. 바람 한번 피워보는 게 소원이라고 생각은 했을망정 진심은 아니었는데 일이 이상하게 굴러간 것뿐이다. 요리조리 거짓말하고 그 남자를 만났다. 죄의식에 시달리면서도 끊지를 못했다. 들키면 큰일 나는데, 이번만, 하며 만났다.

외출했다 돌아오는 그녀를 남편이 다짜고짜 때렸다. 바람이 들킨 것이다. 남편은 그녀를 용서하지 않았다. 그녀는 쫓겨났다. 아이들도 뺏겼다. 옷 보퉁이 하나만 들고 나와 사글세 집에서 살게 됐다. 열정이 넘치던 그 남자도 그녀가 쫓겨나자 어디론지 종적을 감췄다. 사실 그 남자한

테도 슬슬 환멸이 생길 때였다. 남편에게 들키기 전에 자동으로 환멸이 생겨 끊으려는 찰나 남편이 먼저 알게 된 게 화근이었다. 재수가 없었다.

혼자 사는 삶은 뜻대로 되지 않았다. 남편의 재혼 소식이 들려왔다. 그녀는 이것저것 가리지 않고 일을 했다. 여자는 혼자 살아도 돈을 모을 수 있다고 사람들이 말했다. 그녀는 돈을 모으리라 결심했고 실지로 조금씩 모았다. 돈이 제법 모였다. 돈이 모이면 아들들을 데리고 올 거란 야무진 계획이 있어서 힘들지 않았다. 모은 돈으로 옷장사를 하다 한 친구에게 사기를 당했다. 그녀는 다시 빈털터리가 되었다. 나이도 제법 들어서 할 수 있는 일자리가 제한되었다. 옷장사 당시 어울리던 한 여자를 따라 꽃뱀일을 배웠다. 그녀의 일자리는 골프연습장으로 옮겨갔다. 여기서 일한 지 꽤 시간이 흘렀다. 저축 목표는 그리 오래 가지 않아 채울 것 같다. 아들들이 보고 싶을 때마다 통장을 가슴에 안고 마구 울었다. 그녀는 주차장에 차를 댄다. 주로 대형 국산차 앞에 주차를 하면서 수첩에 체크한다. 번호를 헷갈리면 큰일이다. 같은 차를 두 번 박으면 안 되니까. 점찍은 차를 지켜보다가 사고를 낸다. 나이 많은 남자들은 외제차보다 대형 국산차를 선호한다. 언제나 차를 슬쩍 박는 포인트가 중요하다. 앞으로 돌진해 가볍게 상처를 내든가 후진하다가 범퍼를 살짝 긁는 식이다. 상처를 조금만 내기 위해서는 요령이 필요하다. 티가 날 듯 안 날 듯 긁은 다음 전화를 건다. "사장님 죄송해요. 제가 차를 박았는데 지금 좀 와보세요." 차 주인이 달려온다. 한 동업자 여자는 이런 식으로 나이 많은 남자의 세컨드가 되고 월 이백씩 받는다며 일을 끊고 들어앉았다. 인생이 가파르게 코너로 몰리듯 점점 그녀는 센 여자가 되어갔다.

그녀 이름은 미순, 올해로 예순이 되었다. 열세 평짜리 투룸은 그녀가 가장 호사를 부린 더블침대 때문에 꽉 차 보인다. 살림살이는 거의 없다. 편의점에 가면 없는 것이 없으니까 불편하지 않다. 가끔 된장국이 먹고 싶거나 굵은 소금 뿌려 구운 갈치토막이 먹고 싶으면 옹색하게 한 짝 놓인 싱크대에 서서 조리해 먹는다. 한 짝인 원목 옷장엔 옷이 겹겹이 포개져 옷 모양이 일그러져 있지만 예전 같지 않게 그녀의 마음은 상하지 않는다. 목표가 있고 곧

이룰 수 있다는 생각 때문이다.

그녀는 가끔 회한에 잠긴다. 회한에 잠기다 보면 담배와 술 생각이 나지만 담배는 됐고 이슬소주 한 병을 사와 이슬처럼 아껴가며 먹는다. 며칠 전에도 C동을 다녀왔다. 그녀가 사는 동네만큼 지지리도 못사는 사람들이 모인 티가 나는 변두리 동네다. 시내버스 차고지와 중 · 고등학교와, 재개발이 곧 시행된다는 때가 타 거무죽죽한 현수막이 펄럭이는 C동 중에서도 막다른 골목 전봇대 밑에 그 집이 있었다. 그녀가 그 집 아니, 그 방을 찾아내기까지 고되고 마음 어지러운 과정이 있었더랬다. 그 방에는 사업에 실패한 후 이혼당하고 술로 하루를 허비하는 작은아들이 혼자 산다. 아들의 아버지는 오래전에 죽었고 큰아들은 필리핀으로 가서 사는데 간 이후로 한 번도 귀국하지 않았다. 정말 은퇴해야 한다. 이 일이 다른 일에 비해서 품이 덜 들고 페이가 된다는 생각으로 계속해온 게 사실일지 모르나 나이가 들어 더는 못 하게 될 때가 올 것임을 안다. 애초에는 '당분간만'이라며 일했으나 작은아들이 끼어들어서 애초의 목표가 길어진 것뿐이다. 그녀는 과거처럼 일하지 않는다. 이제는 그녀가 젊지 않아

서다. 골프장 입구서 지켜보다가 나이 많은, 혼자 오는 늙수그레한 남자의 차를 따라가 점 찍어둔다. 신중을 기해 며칠 동안 살피다가 일을 낸다. 그녀는 언제나 삶 속에 있었다. 육십 평생 그녀는 하루도 쉰 적이 없을 정도로 뭔가를 하고 또 했다. 설령 그녀가 하는 일이 남자를 홀리는 일이라 할지라도 그녀는 쉬지 않고 일했다. 그녀가 붉은 루주를 바르고 팜므파탈의 이미지로 변신해서 섹시하고 도발적인 분위기로 치장하고 나가면 남자들은 새삼 그녀를 올려다보며 그녀가 상처를 낸 차 까짓것은 아무것도 아니라며 그녀에게 밥을 사고 술을 샀다. 남자들은 마치 경탄하듯이 그녀의 몸을 탐하고 떠나갔다. 돈이 통장에 쌓이지만 그리 큰 액수가 아니어서 목표까지는 한참이 걸릴지도 모른다. C동의 그 방을 찾아가 보란 듯이 아들을 데리고 나올 일이 얼마 남지 않았다.

그녀가 꽃뱀이 된 건 자발적인 일이 아니다. 살기 위한 하나의 도구였다. 곧 접을 날이 얼마 남지 않았다.

모호한, 결

최미래

금주가 또다시 미희와 맞닥뜨린 건 집 근처 병원의 2층 건강검진센터였다.

건강관리공단으로부터 검진표를 받은 지는 한참 되었건만 금주는 차일피일 미루다가 마감 날짜 이틀 전에야 병원을 찾은 터였다. 검진실은 마감을 넘기지 않으려는 사람들로 붐볐다. 금주는 미희와 시선이 마주쳤을 때 순간 아찔했다. 미희 역시 금주와 별반 다르지 않은 감정인지 모호한 표정을 지었다. 미희는 막 자궁암 검진실에서 나오는 중이었고 금주는 막 유방암 검진을 할 예정이었다. 순서에 따라 금주가 암 검진을 마치고 나왔을 때 미희는 그곳에 없었다. 금주는 뭔가 설명할 수 없게 기분이 묘했다.

미희는 금주의 초등학교 동창이다. 한때 단짝처럼 어

울린 적도 있었지만 초등학교 졸업 후 한 번도 서로 만난 적은 없었다. 그랬는데 20대 초에 우연히 만난 것이다. 사실 만났다기보다는 맞닥뜨렸다는 표현이 정확하다. 때는 늦가을이었고 오후 6시 무렵의 땅거미가 깔리는 시간이었다. 그들은 단박에 서로를 알아보았고, 몹시 반가워했다. 그들은 가던 길을 멈추고 곧장 근처 찻집으로 자리를 옮겼다. 거기서 그들은 그동안에 단절되었던 이런저런 이야기를 나누었다. 미희는 집에서 3시간 거리에 있는 J시의 사립대학에 다닌다고 했다. 집에서 되도록 멀리 떨어진 학교에 가고 싶어 그 대학을 선택했으며 당시는 휴학 중이라고 덧붙였다.

한편 금주는 그 당시 고아 신세나 다름없었다. 아빠의 잦은 가출로 인해 그녀가 열세 살 때 부모는 이혼했다. 그녀는 엄마와 함께 살았는데 2년 후 엄마마저 교통사고로 떠났다. 아빠와는 연락이 닿지 않아 그녀는 이모의 도움으로 간신히 고등학교까지는 다닐 수 있었다. 그녀는 고등학교 때 누구보다 열심히 공부했다. 그것만이 자신이 현재 할 수 있는 최선이라 여겼고, 이모에게 덜 미안한 방법이라 생각했다.

사실 그녀는 대학에 꼭 가고 싶었다. 하지만 사는 형편이 넉넉지 않은 이모에게 더 이상 신세를 질 수는 없었다. 그래서 그녀는 고등학교 졸업 후 회사를 다니며 열심히 저축하고 있었다. 언젠가는 꼭 대학을 갈 거라는 꿈을 갖고.

그런 금주의 사정을 전해 들은 미희는 다음 학기에 자신이 복학할 거니까 자신의 학교가 있는 J시로 가서 함께 지내자고 했다. 그리고 자신이 자취방을 얻을 거니까 집 걱정은 말고 공부에만 전념하라면서. 뜻밖의 제안에 금주는 약간 고민했지만, 친구를 믿어보기로 했다. 무엇보다 금주를 사로잡은 것은 미희의 자취방 근처에 괜찮은 입시학원이 있었기 때문이었다.

금주는 몇 달 뒤 직장을 그만두었다. 퇴직금과 그동안 모아둔 돈을 합치니 그럭저럭 입시 때까지 버틸 수 있을 것 같았다. 그 이후는 시험을 치르고 나서 생각하기로 했다.

그렇게 꿈에 부풀어 시작한 미희와의 동거는 석 달이 채 지나기도 전에 삐걱거리기 시작했다. 미희가 금주에겐 한마디 상의도 없이 자주 새벽에 낯선 여자를 데리고 와서 한방에서 자곤 했기 때문이었다. 미희는 그 여자가 밤

업소에서 일한다고 했다.

그 영향이었을까. 그 즈음부터 미희는 자주 폭음을 했고 담배도 많이 피워댔다. 반면 금주에겐 거의 말을 하지 않았다. 그녀로선 이유를 딱히 알 순 없었다. 금주는 미희에게 뭐가 문제냐고 묻진 않았다. 둘 사이에 관계가 소원해질 만한 특별한 사건은 없었다. 날이 갈수록 어색하고 불편한 순간들이 그들 사이에 거미줄처럼 교차했다.

금주는 하루라도 빨리 결단을 내려야 했다. 그녀가 그 상황에서 선뜻 결정을 내리지 못하고 있는 것은 두말할 것도 없이 경제적인 문제였다. 금주가 가지고 있는 돈으로는 입시 때까지 학원비와 자신의 먹거리를 해결하는 것만으로도 빠듯했다. 금주에겐 애초에 방을 따로 구할 여윳돈은 없었다. 방은 미희가 해결한다고 해서 그것은 계산에 빠진 목록이었다. 그 상황에서 어디 손 벌릴 데도 없었다. 그렇다고 공부를 포기하고 모든 것을 원점으로 되돌릴 수는 없었다. 그동안 들인 시간과 노력이 아까웠고, 딱히 돌아갈 곳도 없었다. 무엇보다 미희로 인해 자신의 계획이 수포로 돌아가는 게 죽기만큼 싫었다.

그와 같은 상황에 놓여질 수도 있음을 금주는 단 한 번도 생각하지 못했다. 하지만 미희를 원망하고 싶지는 않았다. 마음이란 건, 상황이 바뀌면 언제든지 변할 수 있는 것이고 친절한 호의가 어느 순간 갑자기 야만적으로 돌변했기로서니 뭐 그리 대수인가 생각했다. 그냥 타자에 대한 맹목적인 신뢰를 한 자신이 그 순간 대가를 치르는 것이라 여겼다. 금주는 그렇게 생각을 정리하고 미희에게 그곳에서 나가겠다고 했다. 미희는 모호한 표정으로 아무런 말도 안 했다.

금주는 미희와 헤어지고 나서 거처를 24시간 운영하는 독서실로 옮겼다. 학원도 몇 달 더 다니다 그만두었다. 처음에는 식당에서 하루에 두 끼를 사 먹었다. 독서실에 조리시설이 없었기 때문이다. 무척 아껴 썼으나 돈은 바닥을 향해 성큼성큼 내려가고 있었다. 그래서 시설이 열악했지만 라면이라도 끓여 먹을 수 있는 독서실로 옮겼다. 그리고 그곳에서 조금은 고독했지만 마음을 다잡고 하루 5시간씩 자며 입시 때까지 죽을힘을 다해 버텨냈다. 그리고 전액 장학금을 받을 수 있는 대학에 갔고, 휴학을 거듭하면서 졸업을 했다. 그리고 수학 선생을 하다 현재는 입시학원의 꽤 잘나가는 수학 강사를 하고 있었다.

1층으로 내려오니 미희가 병원 복도에 배치된 의자에 앉아 있었다. 그냥 지나치려는데 뭔가가 금주의 발목을 잡았다.

"검진, 다했어?"

금주는 미희 옆에 슬그머니 앉으면서 나직하게 말했다.

"……."

미희는 대꾸 없이 핸드폰에 코를 박고 뭔가를 열심히 하고 있었다.

"뭘 그렇게 열심히 해?"

금주는 재차 물었다.

"새를 키워…… 볼래?"

미희는 자신의 핸드폰 액정을 금주의 눈앞으로 디밀었다. 미희의 폰 안에서는 특이한 새 한 마리가 요란스럽게 날갯짓하고 있었다. 미희는 곧장 다시 폰을 자기 쪽으로 가져가서 금주의 존재는 잊은 듯 폰에만 열중했다. 그런데도 금주는 선뜻 발걸음이 옮겨지지 않았다. 이맛살을 모으고 금주가 막 일어서려는데 미희가 물었다.

"너, 전화번호가 어떻게 돼?"

여전히 핸드폰에 코를 박은 채였다.

금주가 번호를 불러주었는데도 미희는 핸드폰에 번호를 저장하지는 않았다. 미희의 옆모습을 잠깐 지켜보던 금주가 말했다.

"같이 점심 먹지 않을래? 내가 맛있는 것 살게."

"조금 있다가 위내시경 검사할 거야."

여전히 핸드폰에 시선을 고정한 채 미희가 말했다.

"검사하고 나서 먹으면 되지."

미희는 대답 대신 금주 쪽을 흘깃 보더니 이내 핸드폰에 눈길을 준 채 "그러든가."라고 말했다.

사실 이 맞닥뜨림이 미희와 동거 후 처음은 아니었다. 10여 년 전 서너 살로 보이는 남자아이의 손을 잡고 버스 정류소에 서 있는 미희와 우연히 마주친 적이 있었다. 그때도 뜻밖의 만남에 피차 어색한 표정으로 인사치레 비슷한 말을 서로 한두 마디 주고받았다. 약간 불편을 느낄 즈음 마침 미희가 타려는 버스가 왔다. 그 순간 금주는 가방에 든 지갑에서 얼른 오만 원 짜리 두 장을 꺼내 남자아이의 손에 다급하게 쥐어 주었다.

얼마의 시간이 흘렀다. 간호사가 미희의 이름을 호명했

다. 미희가 자리에서 일어났다. 그 순간 금주는 고개를 들어 벽에 걸린 시계를 보았다. 11시 30분을 가리키고 있었다. 진료실로 천천히 몇 걸음 옮기던 미희가 금주 쪽으로 살짝 고개를 틀더니 약간 시큰둥한 목소리로 지극히 태연하게 말했다.

"깜박했는데, 내가 오후에 약속이 있어. 밥은 다음에 먹자."

"……."

같은 세상을 살고 있는 것 같지만 모두 저마다의 세상을 살고 있는 사람들. 가슴속 심연에 지워지지 않는 벽지의 얼룩 같은 생채기를 한두 개는 지니고 있을 사람들. 그런 사람들이 무심한 표정으로 병원 복도를 오가는 점심나절. 미희가 위내시경실로 들어가고 나서도 금주는 한참이나 그곳에 앉아 있었다.

황소바람이 분다

하아무

"뭔 놈의 바람이 이리 불어? 완전 황소바람이네."

김 과장이 손을 비비며 들어선다. 거래처에 갔던 일을 최 부장에게 보고하면서도 날씨 이야기를 덧붙인다.

"우리 미주 같으면 날아갈 정도네. 어휴 추워……."

최 부장은 '어이구, 저 팔불출'이라고 하듯 눈을 흘긴다.

김 과장은 요즘 무슨 일이든 딸 미주와 연결해 이야기한다. 팔불출에 푼수, 모지리라는 비난이 쏟아져도 아랑곳하지 않는다. 출근하면서 미주, 날씨 이야기를 꺼내면서도 미주, 밥 먹으면서도 미주, 눈만 마주쳤다 하면 상대가 누구든 미주 이야기를 꺼낸다.

미주는 걸그룹 멤버로 한 달 전에 데뷔했다. 팀 이름은 '바이올렛핑크', 전체 멤버가 열한 명이다. 〈틱톡틱톡〉이라는 디지털 싱글 앨범을 발표하면서 활동을 시작했다.

"아니요. 그게 씨디나 테이프로 나오는 게 아니고요. 인터넷에서 디지털 파일로 파는 노래란 뜻이거든요. 말이 앨범이라서 헷갈릴 수도 있는데, 싱글, 그러니까 한 곡만 낸 거예요. 음원 사이트가 있거든요, 거기 들어가셔서 한 번씩 다운을 받아주시면……."

마치 매니저나 기획사 홍보 직원이라도 된 듯하다. 나이 든 상사들에게는 하나하나 반복해서 설명한 뒤 직접 음원 사이트에 들어가 다운을 받아준다. 상대방의 반응을 봐가며 유튜브에 들어가 시청해볼 것을 권한다. 젊은 직원들에겐 일일이 설명할 필요가 없지만 그래도 침 튀겨 가며 신이 나서 되풀이한다.

"이야, 예쁘고 노래 잘하고 춤 잘 추고, 정말 대단하던데요."

"미리 싸인 받아놔야겠네요. 곧 유명해지고 돈도 많이 벌 테니까, 호호호."

사람들은 대부분 관심을 가지고 좋은 평가를 해준다. 기꺼이 주변에 소개해주고 조언도 아끼지 않는다. 열한 명 멤버 중 미주가 제일 예쁘다거나 실력이 출중하다고 해준다. 아직 텔레비전에 나오지는 않았지만 지방의 한 라디오 방송에 게스트로 출연했을 땐 함께 기뻐해 주었다. 그땐 마치 스타가 된 것 같은 분위기가 되었다.

문제는, 아주 작은 기획사 소속이라는 것이다. 그러니 대형 방송사나 언론은 언감생심이고 지방 축제나 SNS에 집중할 수밖에 없다. 기획사에서도 소속 멤버들 부모들에게 SNS 활동을 통해 열심히 홍보해줄 것을 요청했다. 김 과장은 하지 않던 페이스북과 트위트, 유튜브를 하느라 휴대전화를 끼고 살다시피 한다.

"이거 함 봐봐. 방금 유튜브에 올라온 건데 미주가 예쁘게 잘 나왔거든."

시도 때도 없이 들이밀어 상대를 당황스럽게 하기 일쑤다.

최 부장은 그런 김 과장에게 대놓고 곱지 않은 시선을 보냈다. 아무리 인기가 있다지만 요즘 쏟아지다시피 나오는 게 걸그룹 아닌가. 게다가 작은 기획사라 하지 않는가. 자신조차 이름을(이름만이긴 해도) 알 정도인 방탄소년단이나 블랙핑크 정도면 몰라도 그게 그리 쉬운 일이 아니란 건 꼰대 소리 듣는 아재라도 모를 리 없다.

"난 요새 애들 노래는 들어도 도통 모르겠더란 말이야. 뭔 소린지도 모르겠고……."

사실 그런 부분에 대해서는 최 부장이나 김 과장이나 도긴개긴이었다. 두 사람은 회식 뒤 노래방에서 초지일관 트로트만 고집했다. 젊은 축들은 처음에 최신곡을 부르다가도 두어 달이 지나면 최 부장과 김 과장의 눈총을 받지 않을 만한 곡으로 바꿔 불렀다. 그런데 김 과장이 딸을 핑계로 최신 유행곡으로 전향(!)을 해버렸으니 그것도 못마땅하다.

"아휴, 부장님. 모르시는 말씀이에요. 요새 노래가 메시지도 있고요, 나름대로 깊이도 있어요. 세계적인 음악의 흐름을 주도하고 있다니까요."

잘나가는 아이돌 그룹 이야기를 이제 막 데뷔한 딸의 일로 치환해버리는 것도 마음에 들지 않는다. 김 과장의 언행도 맞갖지 않은데, 사장부터 말단 직원까지 은근히 그를 부추기는 것은 뇌꼴스럽기까지 하다.

"니미, 뭔 놈의 바람이 고초 당초보다 더 매서운지, 원."

거센 바람이 자꾸만 자신을 흔드는 것만 같아 심기가 불편하다. 요즘 들어 몸이 예전 같지 않은 게 느껴질 정도여서 은근히 신경이 쓰인다. 주변의 모든 것을 바꾸어놓을 것 같아 불안하다.

"김 과장, 업무시간에 자꾸 그럴 거야? 일하라고, 일."

최 부장은 짐짓 위엄 있게 나무란다. 김 과장은 놀란 듯 돌아보더니 이내 빙긋 웃는다. 요즘 갈수록 능청스러워지고 있다. 겸연쩍은 표정을 하면서도 눈치를 보며 은근슬쩍 눙치고 넘어가곤 한다.

"에이, 부장님. 왜 그러세요. 우리 애 스타가 되면 한턱 톡톡히 쏠게요."

젊은 직원들 말대로 "눙치고 퉁치고 깝치기 신공을 시전하는 경지"에 이른 듯하다.

"부장님 딸은 공부를 잘하니까 걱정 없으시잖아요. 우리 미주는 이런 기회를 살리지 않으면 안 되거든요."

저렇게까지 나오면 더 이상 타박하기 어렵다. 전부터 뭔가 아쉬운 일이 있으면 최 부장의 딸 이야기를 꺼내곤 했다. 그리곤 말끝에 "정말 좋으시겠어요" 뒷동을 달며 헤실거렸다. 면전에서 대놓고 "부장님 딸은 예쁘지, 좋은 대학 의대에 갔지, 진짜 좋으시겠어요" 하면 불리한 상황을 모면할 수 있다는 걸 잘 알고 있었던 것이다.

"부장님도 한번 보세요. 이게 따끈따끈한 영상이거든요."

김 과장은 휴대전화를 들이민다. 무슨 축제 무대에서 공연한 영상인 듯하다. 열한 명의 바이올렛핑크가 자신들의 유일한 노래 〈틱톡틱톡〉을 부르고 있다. 시간은 자꾸만 가는데 좋아하는 남자가 말을 걸어오지 않고 있어 안타깝다는 내용이라나 뭐라나. 현란한 색색의 의상 외에는 똑같은 안무와 노래다.

"여기, 우리 미주가 크게 잡힌 장면. 예쁘지 않습니까? 하하하."

최 부장이 눈을 찌푸리며 물러서면 김 과장이 한 발 더 다가선다.

"이 친구가 리더인 에블린이고요, 얘는 제주도에서 왔대요, 이름이 레나고, 또 얘는 이름이 이낸데요……."

돌연 최 부장의 눈이 커진다. 김 과장의 휴대전화를 빼앗듯 움켜쥐고 자세히 들여다본다. 이내라고 하는 멤버가 아무래도 낯익은 얼굴이다. 김 과장이 뭐라고 계속 떠들어도 들리지 않는다.

최 부장은 곧바로 아내에게 전화한다.

"다은이 어디 갔어?"

최 부장의 말투가 따지는 듯하니 아내는 말을 더듬는다.

"예? 그게 무슨……, 다은이가 가기는 어디를……."

학교 갔다는 대답이 바로 나오지 않는 게 이상하다. 말까지 더듬고.

최 부장은 곧바로 바이올렛핑크라는 걸그룹 멤버 중에 딸을 닮은 아이에 대해 물었다.

"아니, 당신 어…… 어떻게 알았어요? 그게…… 얘기 하려고 했는데……. 어찌나 하고 싶어 하는지. 근데 당신은 불같이 화만 낼 것 같고……."

그다음 말은 언어라기보다 흡사 바람 소리처럼 들린다. 최 부장의 머릿속에서 매운 황소바람이 일기 시작한 것이다.

옆에서 김 과장은 천군만마를 만난 듯 연신 만세를 부르고 있다.

벽련항 횟집

홍혜문

아내가 바다 한가운데 떠 있는 섬을 가리켰다. 저 섬에 그분의 허묘(墟墓)가 있다고 했다. 그분이 돌아가시고 얼마 후 자식들이 와서 묘를 파 갔다는 말도 있고. 또 다른 말은 그분이 벽련항 근처 용문사에서 돌아가실 때까지 기거하셨는데……. 뭐야! 그럼 묘가 가짜란 말야? 나는 아내의 말을 제지했다. 여기까지 나를 데려와 놓고 그걸 보러 가자고? 그녀는 서둘러 퇴근한 내게 함께 저녁을 먹자더니 차를 몰아 나를 이곳 벽련항까지 데리고 왔다. 그런데 문제는 오늘밤 집으로 가는 것이 아니라 여기서 자고 내일 아침, 배를 타고 기껏 허묘를 보러 가자는 것이다. 도대체 뭘 어쩌자는 소리야! 심하게 화를 냈지만, 아내는 못 들은 척 도톰한 회를 한 점 집더니 입에 넣었다. 잘근잘근 씹히는 소리가 귀를 타고 가슴으로 전해졌다.

아니야. 이건 아니라구! 나는 고개를 저으며 부정했다.

횟집 너머로 방파제에 부딪히는 파도 소리가 났다. 하늘에 드리운 구름과 창가에 보이는 나무들이 모두 허상으로 느껴졌다. 나는 바다 가운데 떠 있는 섬, 노도마저 가짜가 아닐까. 답답했다. 아직 다 먹지 못한 생생한 회를 제사 지내듯 앞에 두고 앉은 이곳도 환상이란 말인가. 벽에 '벽련항 횟집'이라는 글자가 사인펜으로 삐뚜름하게 적혀 있고 아래에는 가격표가 붙어 있었다. 모듬회 오만 원. 도다리 칠만 원. 모두 익숙한 단어였다. 언젠가 이곳에 와본 것 같기도 했다.

여기에 오기 전 나는 한 시간 일찍 퇴근하여 집으로 돌아왔다. 집에 들어오자마자 수영복과 여러 가지 용품을 봉지에 담아 차의 트렁크에 싣고 있었다. 내일 아침 여친 진박새와 '황제가 만난 오아시스' 타운에 가기 위해서였다. 언제 왔는지 아내가 내 앞으로 다가왔다. 당신 피곤하지. 우리 저녁 먹으러 가자. 저녁쯤이야. 나는 고개를 끄덕였다. 갑자기 아내가 차의 운전석에 올랐다. 그녀는 다음 주에 남해 노도에서 세미나가 있을 거라고 했다. 어디로 가느냐고 하자 남해로 간다고 했다. 자신은 앞으로 많이 바쁠 것이므로 오늘만큼은 나와 함께 있고 싶다고 했다. 난감했다. 내일 진박새와의 일정에 차질이 생길 수도 있었다. 아내와 저녁을 먹으러 가는 중인데 집으로 돌아가자는 말을 꺼낼 수가 없었다. 할 얘기가 있는데…… 그녀가 입을 열었다. 중요한 얘기야. 무슨……. 어떻게 해야 그녀를 내 뜻대로 리드할 수 있을까 생각하며 창밖을 내다봤다. 밖은 이미 어둠에 잦아들었고, 차는 고속도로를 달리고 있었다. 나는 예상치 못한 그녀의 행동에 화가 난 듯 차가운 얼굴로 아내를 대했다. 아내는 그러거나 말거나 휴대폰을 검색하더니 정훈희의 〈안개〉를 켰다. 계속 안개 속에서 헤매는 내용의 가사였다. 참다못한 나는 한마디 했다.

헤이! 뭐 하러 가는데? 헤이가 누군데? 따지듯 묻는 말에 나는 아무 말도 못 했다. 아내가 한 시간 사십여 분 동안 고개를 넘고 바닷가를 달려간 곳은 어느 외진 바닷가의 '벽련항 횟집'이었다. 무심결에 횟집으로 따라 들어갔다. 가게 주인이 호들갑스럽게 반기며 좌석을 안내했다. 나는 회가 나올 때까지 노기 띤 얼굴로 분홍색에 검은 점이 찍힌 천장을 바라보다 방바닥만 쳐다봤다. 바닷물이 쉼 없이 횟집의 베란다에 와서 부딪히는 소리가 났다. 내 마음은 심란했다. 내일 진박새와 '황제가 만난 오아시스'에 못 갈 수도 있다는 불안감이 일었다. 넓은 거실의 풀장에서 수영하고 나오면 물기를 말릴 패치가 벽에 붙어 있다고 하자 진박새는 매우 좋아했다. 와 드디어 내일이다. 꿈만 같아. 그럼 내일 만나는 거야. 이건 분명 현실이라구, 라며 나는 그녀에게 하트를 보냈다. 그럼 자기만 믿을게. 내일 남해 스카이워크 앞에서 봐. 그래. 우리는 오늘 밤 한 번 더 확인 문자를 보내기로 했다.

아내가 미소를 띠며 내 안색을 살피더니 맥주를 시켰다. 코로나 때문에 다들 심각해. 분위기가 영 그렇다 그치. 그녀가 유리컵을 내게 내밀더니 술을 한 잔 따라주었다. 자 부라보! 아내가 건배했지만 나는 시큰둥 받아 마셨다. 그러나 아내는 횟감을 입에 넣어 감질나게 씹었다. 생생했다. 하고 싶은 말이 있는데 이럴 때는 소주가 제격이라고 하더니 갑자기 소주를 시켰다.

대학교 시간 강사를 집어치운 아내는 마케팅 전문업체에 출근할 거라고 했다. 항상 무언가를 준비하며 내게 과

시하는 듯한 말투는 내 기분을 상하게 했다. 부장이 된 지 십 년이 넘었는데 나는 상무로 진급하지 못하고 곧 정년 퇴임을 맞게 된다. 여성들은 전문업체에 컨설팅도 의뢰해 보고 전문교육기관에도 다니며 부지런히 미래를 준비하는데 요즘 남자들은 도대체 무슨 생각으로 사는지 모르겠어. 아내는 휴대폰을 들고 내게 들으란 듯이 말하곤 했다. 사람이 겸손한 맛도 좀 있어야지. 나는 화장실에 들어가 문을 쾅 닫아버렸다. 지금껏 회사의 줄에서 떨어져 나가면 무조건 죽음이다, 생각하며 안간힘으로 매달려 있었다고. 가족들은 끝없이 원하기만 해. 이제는 처자식 그만 위해주고 내 인생을 살고 싶다고. 나는 벽에다 대고 혼잣말했다.

아내와 딸은 애완견을 모시고 다니며 나를 강아지 하인 취급하듯 무시했다. 아빠 나 바쁜데 강아지 목욕 좀 시켜줄래? 여보 강아지 밥 좀 줘. 그런 말을 들을 때마다 나는 붓글씨를 썼다.

전거가감(前車可鑑).

'앞 수레가 엎어진 것을 보고 뒤 수레가 넘어지지 않도록 해야 한다.'는 말이다. 가족이란 처음에는 입에 넘어가는 횟감처럼 찰지고 생생한 시간이었다. 그러나 언제부턴가 진흙탕 속에 빠진 것처럼 마음이 허하고 힘들기만 했다. 나는 새벽밥을 먹고 직장에 나가 뼈 빠지게 일하느라 가족들을 위해 바쳐온 삼십 년을 생각했다. 그래서 작년부터 붓글씨 학원에 나갔다.

첫날 붓글씨 수업을 마치고 나오다 거의 이십 년 만에 옛 여친 진박새를 만났다. 그녀는 내가 군대에 갔을 때 도시락을 싸 들고 찾아온 여친이었다. 진박새와 가끔 만나면서 나는 활기를 되찾았다. 그녀는 내 붓글씨를 보고 감탄했다. 야, 멋지다. 한자도 모르는 게 없네. 자긴 못하는 게 뭐야? 진박새는 그렇게 예쁜 소리를 했다.

아내가 접시에 남은 회를 마지막으로 먹으며 매운탕을 시켰다. 이렇게 입에 씹히는 게 삶이라고 생각했어. 혀끝에, 손끝에 만져지는 이 느낌. 이게 진짜 인생이라고. 그런데 아니야. 껍데기였어. 아내가 생소한 소리를 하며 소주를 건넸고 나는 어쩔 수 없이 아내의 잔을 받았다. 갑자기 그녀가 손바닥을 내 가슴에 댔다. 당신과 내 마음을 차지하고 있는 것. 가슴속에 든 이게 진짜 삶인지도 몰라. 그만 먹고 일어서려는 나를 저지하며 아내는 소주를 다시 시켰다. 주인아주머니가 소주 두 명을 더 꺼내 왔다.

왜 연락이 없어? 어떻게 된 거야. 진박새였다. 카톡 문자를 보던 나는 조바심이 일었다. 휴대폰을 들고 화장실에 가려 했지만, 아내가 나를 빤히 쳐다보고 있었다. 나는 휴대폰을 탁자 위에 덮어 놓고 화장실로 가버렸다.

내가 제자리로 돌아왔을 때 아내는 술을 더 권했다. 몇 잔을 더 마셨다. 아내가 계산하더니 내 손을 잡았다. 이층으로 올라가 보자. 벽련항 횟집 간판이 보이는 민박집이었다. 아마 십 년 전 아내와 오랜 기간 연애하고 헤어졌을 때 왔던 곳과 비슷한 풍경이었다. 그때는 아내와의 생활이 진짜라고 확신했다. 그런데 아니었다.

침대에 앉자 눈이 감겼다. 모든 게 뜬구름처럼 느껴졌다. 아내가 냉장고에 든 캔 맥주를 꺼냈다. 그녀가 건네는 술을 한 잔 더 먹고 나는 잠이 들어버렸다.

아침에 눈을 뜨자 아내가 배를 타야 한다고 했다. 온 김에 여길 들러야지. 그게 어딘데. 허묘. 어이없는 표정으로 아내를 보자 그녀가 휴대폰을 들고 바싹 다가왔다. 남자 사진이었다. 이목구비가 뚜렷하고 잘생긴 얼굴이었다. 머리카락은 은색이었지만 눈빛이나 얼굴은 젊었다. 한 마디로 광이 났다. 꾀죄죄한 나하고는 달랐다.

화통한 성격이라 대화도 잘되고 무엇보다 공감도 잘해 주고. 그래서 본격적으로 만나려고 하는데……. 가슴이 콩닥콩닥 뛰었다. 내가 머뭇거리자 아내가 다시 말했다.

여보, 전에 당신이 제안했잖아. 졸혼하자고. 그게 나을까 아니면 아예 이참에 이혼하는 게 좋을까. 섬에 가서 허묘를 보고 당신이 결정해.

나는 눈을 깜박거렸다. 짙은 구름 아래로 바다가 출렁였다. 가슴이 두근거리고 섬이 흐릿했다. 갑자기 비가 쏟아지기 시작했다. 섬의 어디쯤에 허묘가 있는지 알 수 없었다. 창문으로 빗방울이 쏟아져 들어왔다.

창문을 닫자 카톡 소리가 났다. 아내의 휴대폰에서 나는 소리였다. 그녀를 쳐다봤다.

창밖으로 흐릿한 섬의 허묘를 바라보며 내 마음을 들여다봤다. 아내를 보내주어야 하는 걸까? 진박새를 만나면서 그 여자가 내게 소중하다고 생각했다. 그런데 이제 헷갈리고 있다. 문 밖에서 아내의 웃음소리가 들렸다. 쓸쓸했다. 우리의 생(生)은 시간이 지나면 비바람에 사라질 가짜 무덤들이었다.

장독

황보정순

가을하늘이 구름 한 점 없이 맑은 아침이다. 하동댁은 하늘을 올려다보면서 미소를 지었다. 하늘빛과 햇살이 유독 좋은 날씨였다. 그녀는 장독대로 발걸음을 옮겼다. 장독마다 뚜껑을 열어 놓을 생각이었다. 장맛은 햇볕을 자주 쐬게 해줘야 깊은 맛이 난다. 이즈음 대나무 숲에서 부는 바람은 그야말로 '찬스'나 다름없었다. 날씨에 따라서 장맛이 좌지우지된다는 것을 그녀의 생각이었다. 좀 더 깊은 맛을 낼 것이라는 욕심으로 뚜껑을 열어두었다. 간장독에는 다른 때와 달리 하늘빛이 먼저 내려와 자리를 차지하고 있었다. 대숲에서 부는 바람도 간장 속으로 깊이 파고드는 것 같았다. 그녀는 날씨와 관계없이 장독을 들여다보면서 속삭였다. 오래도록 맛있어져라…….

"올해는 메주를 넉넉히 쑤어야겠다. 앞으로 내가 얼마나 살게 될지, 내 몸이 건강할 때 미리미리 넉넉하게 담아 두어야지. 이렇게 해놓으면 나중에 자식들이 내 생각 하면서 잘 먹겠지……."

"하동댁이는 혼자서 뭐라고 구시렁거리는 기고?"

"함안댁이 네는 어디 간다고 아침부터 나선 기고?"

"간밤에 뉴스에서 그러더라. 코로나 접종하라는데 못 들었나? 4차 접종까지 맞았는데 또 맞아야 한다고 뉴스에서 보도하더라."

"그래서 병원에 간다고 나선 기가?"

"하머! 일찌감치 맞아야 할 것 같아서 병원에 가보구로."

"고마, 숨 좀 돌리고 해라. 뭔다꼬 벌써부터 바쁘게 서두는 기고. 나는 장날에나 나가면 물리치료 하는 머리에 원장인데 물어보고 맞든지 말든지 할란다."

"그럼 그렇게 하던가. 올해는 장맛이 어떻노?"

"해마다 내가 담은 장맛이야 일품이지. 오늘같이 햇볕 좋고 바람도 살살 불어 온께네가 장맛이 얼마나 있겠노. 아주 딱인 기라."

"하며, 오늘 같은 날씨에 장맛은 좋을 수밖에……."

사방은 가을철에 접어들어 단풍잎이 알록달록하였다. 동네 앞으로 차들이 다니는 도로 옆 가로수마다 배롱나무꽃이 붉게 피었다. 배롱나무꽃 사이로 메주콩이 누렇게 익어가는 밭들로 가득했다. 곡식을 심은 사람마다 작물은 결실이 좋아야 한다고 이구동성으로 말했다.

하동댁은 여기저기 알아볼 필요도 없이 본동댁이 농사지은 콩으로 메주를 쑤고 싶었다. 지나가다 언뜻 봤는데 누런 콩알이 튼실해 보였다. 사람들마다 그냥 지나치는 법 없이 본동댁의 메주콩은 씨알이 좋아 보인다고 탄복하였다.

"아따, 올해 콩 농사는 바로 로또다. 농약깨나 좀 쳤나 보네."

함안댁이 본동댁이 집 앞을 지나치면서 소리친다.

"뭔 농약을 쳤다고? 올여름은 햇살이 얼마나 좋았는데. 바람 좋고 햇살 좋고 이 얼마나 알진 보약인데 농약을 쳤다고 그러노. 함안댁이 네 밭은 농약께나 치는 갚네. 우리는 콩밭에 농약은 안 친다. 내 입에 들어갈 음식인데 뭣

하러 농약을 칠 끼고."

"농약 안 치는 작물이 어딨다고. 사람 안 볼 때 친상 싶어서 하는 말이다. 내 말이 틀리나?"

"듣도 보도 못한 소리는 뭔다고 해감서 댕기노. 쓸데없는 소리는 집어치우라 고마. 살다 살다 남의 집에 농사짓는 것 갖고 시비하나."

"아, 아니면 말고. 헛품 삼아 한 말을 갖고 열 내지는 마라. 내 그냥 해본 소리다. 여편네 소갈머리하고는……."

"네는 헛말 그만 좀 짝짝하고 댕기라. 네 밥 먹고 헛소리는 뭔다고 하고 댕기노. 우째 한다는 소리마다 염장을 지리고 댕기는 기고. 어휴……."

본동댁이 함안댁을 노려보며 눈꼬리를 하늘을 향해 치켜세운다.

"하늘이 알고 땅이 다 안다. 내 농사법을 네가 뭘 안다고 나발 부는데."

"내 고마, 헛소리 좀 해봤다. 고깝게 듣지 말거라. 그런다고 열 내면 되나."

"네는 매사에 열 받구로 안 하나. 아침부터 뭔 소리를 하는 기고?"

"미안타! 다시는 안 그럴 끼다. 이웃지간에 예사로 한 말을 갖고 트집은……."

"고마. 가던 길이나 휑하니 가라. 네캉 말 섞어 봐야 뭔 보약이 될 끼고. 사람 병 주고 약 주는 기가. 참말로 기함할 일이다. 문디 여편네, 뱀 눈깔을 해갖고……."

본동댁은 생각할수록 화가 치밀어서 어찌할 바를 모른다. 멀찌감치 승강장으로 향하는 함안댁을 향해 소리를 바락바락 지른다.

"영감 없이 산다고 깔보는 기가. 지나 내나 과부인 주제에 아무 말이나 막 내뱉는 소리 하고는. 혼자서 뼈 빠지게 농사짓는데 원성을 듣는다는 것이 말이가, 뽄이가."

오늘따라 삼 년 전에 세상 구경 끝내고 저세상으로 가버린 영감이 자꾸 생각난다. 먼저 떠나버린 것이 야속하기도 하고 때로는 웃고 즐기던 시절이 엊그제 같다는 생각을 하면서 살았다. 생각하면 할수록 영감의 흔적을 잊지 못했다. 누가 뭔 말을 하고 다니는지 상관없다는 듯 바깥 나들이도 못하고 살아가는 형편이다. 각박한 인심이 되어서 누구와도 말 섞는 일은 하고 싶지 않았다.

"문디 같은 여편네……."

승강장 쪽으로 멀찌감치 걸어가는 함안댁의 모습을 보자 또 화가 치민다. 차가운 바람으로 인해 등골이 시리고 어깨가 시렸다. 마루에 앉아 하염없이 고개를 떨구었다. 바로 그때 앞산 가까이 영감의 묘지가 선명하게 보였다.

"당신은 이 꼴, 저 꼴 안 보고 참 좋겠소. 내 시방 억장이 무너지는 소리를 듣고 화가 나서 안 카요. 내 풀에 내가 풀어지는 수밖에 없지만서도, 시방 내 속이 말이 아닌 기라요. 당신 살았을 때는 믿을 구석이 있어서 힘이 났는데 이제는 그렇지 못한 신세가 되어서 누가 뭐라고 하면 눈물부터 나요."

본동댁이 서러운 마음에 눈물을 글썽이며 푸념한다. 동네 안에서는 가가호호 영감 없이 살아가는 집들이 늘어났다. 자식 키울 때처럼 동네가 떠들썩했을 무렵이 엊그제 같았다. 지난 일을 생각하면 할수록 엊그제 같았다. 그녀는 살아가면 갈수록 세상인심이 딴판이라는 것을 종종 느끼게 되었다. 젊은 사람은 오간 데 없고 노인 세상이 되었다. 독거노인이 많아지고 가사도우미가 노인들을 돌보는 집들이 많아졌다.

"어찌 이렇게 되고 말았을고……."

"본동댁이 와 그래 넋을 잃고 앉았노?"

"하동댁이가 우얀 일고?"

"콩 타작 할 때가 안 됐나?"

"그러잖아도 사나흘 뒤면 거둬들여야 할 때가 된 상 싶다. 소출이 얼마나 나올 건지 기대만 하고 안 있나. 하동댁이는 사우레 밭에 안 심었나?"

"들깨만 심었지. 요즘은 노루가 뜯어 먹어서 해먹을 작물이 없다. 앞으로 가면 갈수록 뭘 해먹고 살겠노."

"그렇나? 오나가나 짐승들이 해작질해싸서 못 해먹겠다."

"긍께네. 그래서 하는 말인데 콩 타작해서 넉넉하면 한 말만 주라."

"털어봐야 알겠지만 얼마나 될지 장담은 못하겠다. 우리 몫으로 남기고 남으면 딴 데 안 줄 낀간에 믿어봐라."

"그럼 본동댁이 네 말만 믿고 있겠다. 해마다 작물이 좋았는데 짐승들 땜에 인자는 못 해먹는 입장이다."

"하머, 그놈의 짐승들이 문제다. 우얀다꼬 해작질을 해샀는지 모르겠다. 산에서 먹을 끼 모자란 모양인갚다. 민가로 자꾸 내려와서는 우야겠다는 긴지 모르겠네."

"해마다 수렵꾼들이 허가받아서 산돼지 포획한답시고 단속한다고 하긴 하지만 믿을 수 있어야지."

"참말이다. 이 꼴 저 꼴 안 보면 그뿐이지만 사는 동안은 어디 그렇나."

"하머, 그렇다고 막장 같은 소리까지야 해서 뭣하지만서도. 앞으로 살아갈 생각하면 속이 답답하다. 아침부터 함안댁이가 와서 염장을 지르고 갔다."

"예도 와서 뭔 소리를 하고 갔나?"

"지 흉은 더하면서 콩밭에 농약을 뿌렸다는 둥, 콩밭이 그래서 소출이 좋았다는 둥 여러 소리를 해감서 사람 염장을 지르고 안 가나."

"그럼 여기도 와갖고 그단세 호구조사 끝내고 갔네. 그 여편네 말은 한쪽 귀로 듣고 넘기라. 일없이 댕기면서 남의 속을 후벼 파는 심보 아이가. 그놈의 심보는 이웃이 다 안다."

하동댁이 본동댁의 마음을 달래는 동안 먼 산을 향해 눈길을 두고 있다.

동네는 그야말로 바람만 불면서 해가 졌다. 길에 나선

사람은 더 이상 볼 수 없는 한산한 시간이 되었다. 간혹 헛간에 매인 똥개만 짖을 뿐 동네 전체가 사람 소리를 들을 수 없었다. 아침저녁으로 바람이 차가워지면서 사람들은 해 넘기기 전에 하루를 마감했다. 오늘따라 일찍 저녁밥을 먹어 치운 하동댁도 마찬가지다. 대문 밖으로 고개를 살며시 내밀어 보고는 사람들이 보이지 않음을 확인한다. 방금 전에 동네 입구에 있는 승강장에서 막차 버스가 멈추더니 가버렸다. 하동댁은 누가 차에서 내렸는지 동태를 살폈다. 아침에 보았던 함안댁 모습만 뚜렷이 보였다. 희뿌옇던 거리는 더없이 한산했고 어두워져왔다. 기온이 차가운 탓에 마실을 나서는 사람은 보이지 않았다. 가정마다 일찌감치 어둡기 전에 아랫목에 누워서 텔레비전을 볼 것이라고 생각을 해본다.

하동댁은 하루 일과가 늦은 편이었다. 가마솥에 미리 씻어놓은 콩과 물을 넉넉히 붓고 군불을 지폈다. 그녀는 밤새도록 콩이 불어서 삶아지기를 바랐다. 다음 날 아침이면 장작을 다시 피워서 콩을 더 익혀야 한다. 늦은 저녁에 매순간순간마다 불길을 조절하면서 콩을 불리는 것에 신경을 써야 했다. 활활 타오르는 불길에 물이 끓을 즈음

솥뚜껑을 여러 번 여닫아야 하는 것도 중요하다. 맛난 콩물이 바깥으로 넘치지 않게 하려는 것이다. 그녀는 이런 방식으로 해마다 가을철이면 메주를 삶아서 띄웠다. 아랫목에 묻어두고 며칠 동안은 발효를 시켜 바람을 쏘였다가 정월대보름이면 장을 담았다. 그녀의 손길은 정성이 깃드는 과정을 지켰다. 객지에서 바쁘게 살아가는 자식들과 손자 손녀를 생각하면서 장을 만들었다.

마네킹이 필요하다고요?

초판 1쇄 발행 2022년 11월 24일

지은이 곽성근 외
펴낸이 강수걸
기획실장 이수현
편집장 권경옥
편집 신지은 오해은 강나래 김소현 이선화 이소영
디자인 권문경 조은비
펴낸곳 산지니
등록 2005년 2월 7일 제333-3370000251002005000001호
주소 부산시 해운대구 수영강변대로 140 BCC 613호
전화 051-504-7070 | 팩스 051-507-7543
홈페이지 www.sanzinibook.com
전자우편 sanzini@sanzinibook.com
블로그 sanzinibook.tistory.com

ISBN 979-11-6861-109-2 03810

* 책값은 뒤표지에 있습니다.
* 잘못된 책은 구입하신 곳에서 교환해드립니다.
* 이 책은 이병주기념사업회로부터 제작비를 지원받아 발간하였습니다.